INK

文學叢書

281

桃花井

蔣曉雲◎著

代序

都是因為王偉忠

這兩年「眷村」暴紅，還形成文化現象，今年（2010）表演工作坊更把《寶島一村》舞台劇演到了北京和上海。一時之間彷彿台灣的外省人都與眷村攀上關係，這讓我在佩服「眷村代言人」王偉忠先生的行銷能力之外，也激發了講講我所知道的「外省人」的故事。

和王偉忠一樣，在生長的環境中，我透過父母的社交圈認識很多「外省人第一代」，可是我抱著頭想，也想不出哪個叔叔或伯伯是住在眷村裡的，更談不上跟著父母去眷村串門子了。我自己倒是因為結交過眷村的小朋友，進去過眷村；造訪那種有圍牆和衛兵的「軍區大院」，對我這個牆外的「外省人」來說，當年也是很神祕和刺激的。

民國三十八年到台灣來的外省人可能很多都是跟著國民黨軍隊撤退的軍人，可是也有「純難民」，他們是不見容於共產黨，卻和當時國民黨政府沒有太多淵源或理念交集的中華民國「國民」，用眷村的說法是一群「老百姓」。他們中直接遷移到世界各地，變身「華僑」的是姓孔、宋的少數，很多過了羅湖橋到香港受英國人的庇護，有一些就去了台灣；除了不是跟著部隊開拔，他們到台灣的理由林林總總，也許是給垮台的政府再一次機會，也許是逐水草而居，更有碰巧了時辰被斷了歸鄉路的（我就知道這麼一位到台灣來渡假的長輩）。偏偏我的家庭社交所接觸和知道的就是那個「非主流」群體。現在回想起來，那些叔叔、伯伯、媽媽、阿姨，真是什麼樣的人都有；有博學的大儒也有之無不識的文盲，有顯貴也有庶民，有我父母的湖南同鄉，可是也有很多南腔北調其他省分因為國共內戰而流浪到台灣的外省人。

我沒有統計數字佐證，我只能猜想他們是一個很小的樣本池。可是群體雖然小，卻因為比大家都是行伍出身的眷村父母缺少統一背景，我聽到的事就很多樣性，尤其跟眷村的忠君愛黨氣氛不同的是這些人對當時國民黨的不信任常常溢於言表。我的想法多少也受到生長環境的影響，和我所認識的眷村朋友大不同調。那個時候，台灣最大的僱主應該是政府，這些叔叔、伯伯、媽媽、阿姨中有文憑的，不管喜不喜歡國民黨，為稻粱謀，很多都進了公家機構做了國家公務員，不過他們一般比較喜歡教書，因為當公務員好像一定要入黨，可能有違他們的初衷；教書的自由度相對比較大，可是常要公開講話，哪怕面對純潔的學生，多說話還是個危險的職業。我開始投稿時，我的父母一則以喜，一則以憂，雖然得意女兒名字因好事見報，卻又怕我胡編瞎寫惹上文字獄一類的麻煩。有一陣子我忽然對老兵感到興趣，打算寫一系列他們的故事，才寫了第一個短篇，有雜誌約稿，就交了出去。主編是位前輩，特為找了我去，告訴我退伍軍人的題材不要寫，把稿子當面退了。我回家罵罵咧咧，覺得老人家想得太多，我的父母聽說卻差點沒去函致謝，覺得真是碰到好人。

我小時候對一些事有記憶，向父母求證，問他們：「你們那天晚上說過什麼什麼？」他們就斥我是「做夢」。最後我也分不清自己腦子裡那些片段的印象是夢是真？可是管它真假，我小學就開始編故事寫小說自娛了。真正記得，可以印證我這個外省家庭與別人不同的時候，我已經念高中了。因為在學校搞文藝活動算個活躍分子，教官要我入黨，如果沒記錯，幾位同學還一起跟當時的青年救國團主任李煥座談，搞一場小菁英入黨的戲碼。當年高中生加入國民黨真是一件小事，卻驚動了我的父母。他們認真地討論要怎樣婉拒才能面面俱到，不致於影響我的前途。我大不以為然，不入就不入，講一聲就是了，國民黨哪有那麼不講理？我爸爸把我臭罵一頓，內容完全忘記了，只記得他氣急敗壞地對我媽媽說：「你看她被洗腦了！」最後我被逼得灰頭土臉地去跟教官說，父母說入黨是「大人之事」，我還「未成年」。

比較戲劇性的一次，是一九七五年以後我已經得了《聯合報》小說獎開始發表小說，不知道是什麼公家單位邀請青年作家餐敘，我應邀前往，席間被安排坐在主任某將軍的旁邊，回家後自然要被父母盤查細節。我敘事的時候沒有直呼其名，而是照著被介紹時的稱呼，叫主人官銜「某將軍」，我爸爸很不屑地說：「什麼將軍？幫別人養私生子的裁縫也是中華民國的上將了。」那時候我已經是大學生了，忽然小時候這裡那裡，亂七八糟聽來的閒話都連連看一樣地連起來了，原來不是做夢。我一個父執輩對共和國有「太子」和「太子黨」都是極看不慣的，常對我父母發牢騷，最喜歡講經國先生的閒話，所以我大概小學時就聽說了許多小蔣的風流韻事，只是對時人不熟，兜不攏誰是誰，更沒把小時候大人嘴裡形容的「豬頭豬腦」的豬哥「太子」和自由中國經由國民大會選舉出來的領袖和他的家庭連到一塊去。

和眷村裡日子過得簡單而篤定的外省家庭相比，我生活裡的大人真是複雜又徬徨得多了。他們愛批評時政，對政府不滿，意見又多，常互相通風報信說是誰誰多言賈禍，又給抓了進去，可是顯然不自我警惕，有時還故意給自己找點麻煩。我有一位父執輩是從前的「萬年國代」，一天興奮異常地對我父母描述他們幾個如何在行使投票權時串聯投下廢票，抗議總統一再競選連任「違憲」，他們冒著嚴重的後果希望起碼讓第一次表決不能通過，「給想做皇帝和拍馬屁的人一點教訓」，這些書生對獨裁微弱的抗議現在講起來似乎很可笑，可是連我那麼小，都知道他們在謀大事；這件事後來的發展好像是有人臨陣退縮，折騰半天，唯一的候選人還是得了個「萬民擁戴」的投票結果。我多少年以後才知道，這位長輩是參與立憲的國代，雖然他們後來在台灣都是別人革命的對象，當年他們也是有過理想的；即使在獨裁的強人政權下，他們也曾經卑微地維護過那本他們參與制定的中華民國憲法。

有時大人不小心讓我聽到的事，不用他們說，我自己也覺得是做夢。倒是年紀漸長以後，讀到一些東西，居然會和我兒時的那些片段的「夢」產生連結。我記得我的一個世伯是「西西派」，小孩自然不知道西西是什麼東東，問了人家大概又說我是「做夢」就打發了。我也要到多少年以後才知道是CC，不是西西，應該也是確實聽到過這個說法，才知道世上有「西西派」（CC派）讓一堆貼到標籤的外省人都倒了楣吧。

王偉忠和他的工作夥伴們帶著各種文藝作品在大陸四處巡演和推廣，他們在台灣以外也得到熱烈的迴響真是一件喜事。可是他出了本新書說是「寫給當年未隨親人來台、留在大陸家人看的一本書，告訴他們國民黨老兵在過去六十年是怎麼過的？以及第二代外省人所經歷的成長背景」，這就讓我這個第二代外省人要舉手抗議了。

若干年前，朱天心在她〈想我眷村的兄弟們〉一文中給我也派了一間房，我當時沒吭聲。在台灣沒有眷村庇護的外省人是小眾也是烏合之眾，和眷村的雞犬相聞不同，我們這種人家裡出了事是不會有隔壁張媽媽李媽媽來關切或幫忙的，只會連夜搬家，消失在人海裡。和我的父母一樣，做為外省第二代的我也習慣保留隱私，把自己藏起來，所以連故舊如天心也錯以為我是她眷村的兄弟姊妹呢。王偉忠接下朱家姊妹以及其他能顯父母的眷村子弟的棒子，用更有威力的傳播工具把眷村的故事講得這麼熱鬧，已經讓眷村和台灣的外省人畫上了等號。可是我知道的那些眷村外的長輩，他們和眷村裡的長輩從同一個時代走過，從中國各省到了台灣，他們也都年輕過，熱情過，他們也有自己的故事，可是他們沒有王偉忠代言，沒有電視劇和舞台劇，也沒有紀念館。缺少代表性不表示不存在，我父母作古多年已經無法反對，可是為人子女的我不忍心讓王偉忠的成功把他們一整個時代都搬進眷村。唉！可惜我們家大人說話，小孩是不興旁聽的，所以我懵懵懂懂的長大，所知極為有限，如果那個時候他們讓我與聞大人的「反動言論」，起碼我有多些的素材寫小說來紀念他們的時代，讓後人知道台灣的外省人不是千人一面，「軍區大院」外面也有異鄉人的血淚斑斑。現在怎麼辦呢？已經多年不再創作的我，又開始拼湊那些片片段段童年「夢」中聽說的事，寫我自己也真假難辨，可是事假情真的小說。我知道自己淺陋，我也知道小說的讀者在凋零，可是我不忍心讓斯人獨憔悴，我想要記下他們的人生逆旅。

目次

去鄉

他走得快，臨行只回了一次頭，可是她那簷下暗影中朦朧的身形，
那園中飄散的桂花香，就要跟著他去到天涯海角。

嗆嗆嗆，咚咚咚，嗆嗆嗆，咚咚咚……

扭秧歌的隊伍像洞庭裡一個渾濁的浪頭：退進進退退進進進，黃黑面皮藍色列寧裝的外鄉人，踏著簡單的步子，舞在這湖畔第一大城的市街上。

不管是怎樣的世局，鑼鼓對中國百姓仍然有絕對的號召力；遠遠聽見，就有人探頭張望，等著遊行的隊伍近來，小孩子更是從家裡奔出，迎了過去。

其實解放軍進城以來，這樣子的遊行幾乎天天有。南津港大橋炸毀，粵漢鐵路還未通車，貨運不便，許多鋪子藉這個名目上了門板，免得收進當不得用的人民幣，可是不兩天就有人來敲開門，「建議」立即照常營業，小心擔上擾亂新社會秩序的罪名，於是街上的大小店鋪又都重新開張，夥計也上工，只是櫃檯、架上卻都空蕩蕩，表示原來所言不虛。連兩家照相館都能見機，早先櫥窗裡陳列的本城名人富紳玉照，都已悄悄取下，把三兩張大幅風景照排到中間，填充場面，岳陽樓、洞庭湖君山就這樣無言地被關進了玻璃櫥子裡，淺墨深灰的樓宇山水又把玻璃襯成了鏡子，裡頭可以看見秧歌隊伍正走過來，只是比真的模糊了一些。

遊行的隊伍就舞在這樣一個既熱鬧又蕭條的街上，街兩旁擠滿了人，像從前看遊神的人一樣多，可是沒人評論喧笑；也許因為沒有炮仗硝煙，所以氣氛不對，也許因為大家都還記得前兩天就在這條街上開公審大會，槍斃了五個人，那時候主事的正是這一群跳著舞的青年。

一眼望過去，那擠著的重重疊疊的路人面孔，好像都是一號表情；彷彿他們眼前藍糊糊的黯淡隊伍只是戲台上的過場龍套，不值得發表一點意見。只有那邊，那邊一個店鋪夥計站得高，人頭堆裡就看見他一嘴包不攏的暴牙，很開心似的笑著，他右手斜斜向上扶住一截斷垣，是鬼子轟炸後未修復房子的餘燼。

楊敬遠避開人多的地方，淨揀僻靜巷弄繞著走。他穿藍布長袍，帽簷壓得很低，他最不願意遇見熟人，人家跟他打招呼，或是裝了不認識，一樣教他心煩。他一直低頭匆匆走著，到要轉彎了才就勢一瞥大街上那欲行又止、弄了半天還差不多在原地的秧歌隊伍，入眼的卻是隊伍最前面一幅白布大旗，上面血一般紅的鐮刀鋤頭，被風一展，竟像就要破空向他飛來，他心中一凜，趕緊走了開去。可是鑼聲鼓聲傳得遠，嗆嗆嗆咚咚咚地始終緊跟著他；他一雙黑面布鞋疾疾走在石板路上，卻怎麼也走不亂那鑼鼓聲，它們硬是把他送到了家。

楊家的大宅子戰後重新增修過，進深極長，前後兩面面街。前面臨大街建成鋪面，原來出租給農民銀行辦公；後面是巷路，可以通湖邊，另築圍牆建院落起大門圈起新建的洋樓並其他的房舍錯落在個新修的大花園中；花園太新不及命名，街上的人只叫楊家花園。敬遠抄近路，穿過銀行辦公廳，再走穿堂過天井回家。

銀行早就停止辦公了，解放軍在這裡設了一個辦事處，辦什麼事不清楚，只曉得白天是都不在的，晚上倒天天開會。這時近黃昏了，房子這一面剛好背光，櫃檯、辦公桌椅，全冷然地坐在寂靜的暗影裡。楊敬遠從亮處進來，眼睛還未習慣室內的昏暗，腳下卻不停，一忽兒就走了出去。

隔天井再一獨立小花園便是他自宅的後門，本來裝有電鈴，現在電力公司作業還沒恢復正常，不能供電，再加上前面幾個幹部常常不請自來，關著門表示不坦白，只好一直任這小門敞著。敬遠遙遙看見太太秉德正在那頭前門送客，他這裡就在小門邊站住了腳。

那頭半開著門還在講話，他只能看到客人一點側臉，拿不準是誰，他們家現在是沒有人願意沾邊，會來走動的都是共產黨的人。他耐心的等在小門旁邊；八月天，哪怕夕陽都還毒辣，汗水從他的額上流下，可是他卻到了家還不摘帽，那帽裡硬硬的邊襯壓在他的眉上應該並不好過，他卻似不覺，也許他但願那帽簷突然膨脹成一張幕，讓他能躲得更好。

那頭終於掩了門，楊太太轉身朝屋裡走。她走得不快，微微低著頭，院裡草長，沒了她的腳，她身上陰丹士林布旗袍被風吹動一點點。敬遠看著她，彷彿覺得眼前走來的還是當日在街頭演抗日話劇的活潑高女學生；又或者是他在學校外邊等她，她是匆匆來赴約的初戀少女，臉上還留著被同學笑了的羞紅。時間就在她走來，他走去的那一瞬間退了回去，後來的一切好好壞壞也許都不曾有過。他曉得她的性子，念書的時候她就率先穿短袖子襯衫，用火鉗子燙頭髮；躲鬼子逃難到鄉下，走過塘邊，她一定要照影掠掠頭髮。她就是這麼個人，現在她無奈地穿著她早就扔在箱底的藍布大褂，他從這上頭都讀得出他們現下處境的悲哀。

「怎麼弄到這時候才回來！」她看見他，又憂又喜地道。

他點點頭，顧自往屋裡走。她跟在後面，用一種急促的聲音說話：「我託人問消息，說是學校外面站滿了帶槍的民兵。怎麼回事？我嚇得要死……」

他自己寬衣，她收他的帽子，又倒水、遞扇子、送毛巾，一面做事，嘴裡說個不停：「……不就是開會，為什麼還派了兵？說是藉機一網打盡全縣惡霸財主，說得嚇死人……」

敬遠褪去長衫，只著夏布褂褲，坐在沙發上打扇，眼睛茫茫然地望向窗外一株桂花，讓秉德的聲音在他的耳裡跳進跳出。他知道她素來不是個嘮叨女人，只這世界都反了，人又要怎麼辦呢？

「喂！你說話呀！」

他倏地轉頭，看見她一臉通紅，已經動了真氣。

「你知不知道我在家裡擔了一天心，」她聲音都變了，「又一點辦法都沒有……」

「好了，沒事了。」他略感愧疚地寬慰她，「我們在裡頭的人還不是嚇一死。」他想起這一天，也覺得十分疲憊。

「妳坐下，我有事跟妳講。」他用扇子一指身旁的座位，她柔順地坐下，臉上怒容未息，緊緊攢著兩道不用描畫的彎彎長眉。

「敏敏還沒有送回來？」

「就快回來了。」她說。她身子弱，這兒子還是他們頭一個，才九個月大，自己奶水不夠，顧了奶媽。共產黨進了城，奶媽子說待他們家裡害怕，要辭工，幸好也就是街坊的人，說好每天按時來餵，也有時候乾脆教她領回去帶一會。

「嗯——」敬遠鼻子裡長長呼一口氣，又輕輕搖起手上那把蒲扇，「今天他們又來啦？」

「誰？」她才問，旋又領悟，「哦！不是，來的是保長——」

「哼！」他鄙薄地哼一聲。

「你別這樣，人家也是真幫不上忙，他還不是要你快走。他今天就特為來跟我講，照這情形，我們要趕快打算，公安局對你很注意，說是要你下鄉開鬥爭大會。」

「要他來講！」

「這還要他肯來講呀！」她提高嗓子，「現在還有誰跟我們講話？李子仁還是我們從前的夥計咧！」

他靜默了，李子仁原是楊家的總管，是他原籍鄰鄉的人，城裡的生意上還頂著他家總經理的頭銜。戰後告了老，自己在鄉下置了產業預備安享晚年。共產黨先解放了鄉下，很快就聽說他和兩個兒子被自己的佃農開了批鬥大會打死了，他的一個媳婦也帶著兩個小孫子自沉洞庭，一家都去了。

「唉！」他手上扇子重重一拍椅靠，只恨拍不去這些愁煩，然而窗外桂花樹上驚飛起一隻無關的麻雀，卻與這一拍正合符節。

他忽然正過臉來，眼睛灼灼地望住自己的妻：「秉德，我今天碰到一個人——」他停下來，好像喉頭哽了一下，連尾音都沒有來得及說出。她看著他，等他說下去。

「說得不錯，是登不得了。」他向後一仰，頹然枕在椅靠上。卻不接剛才自起的話頭，胡亂說起國民學校開會的情形。

早上出門也是保長親自來請，後面帶兩個槍兵，想不去也不行，到了小學校，才知道是造了名冊請來的，都是城裡殷實人家。會場氣氛很緊張，八、九十人坐在禮堂裡，一副人人自危的樣子，也有平時認識的，卻都互不招呼。

「點完名後，上台一個人，不是本縣的，誰也不認識，一上台就開始講新社會怎麼怎麼好，後來話鋒一轉，說是今天開這個會是為了慶祝勝利，要大家買勝利公債，一份三元五角。」敬遠直起身子，恨道：「那些人話都說得滿好聽，還說共產黨是絕對不強迫老百姓的，各人盡自己的力量，能買多少買多少。」

「後來呢？你買了多少？」秉德急著問。清算鬥爭的事還沒有鬧到城裡來，鄉下通來的消息卻也一件件教人驚心，把人倒吊起來吐錢就聽說過好幾遍。他們自己的產業也早有人來登了記，印刷廠、米廠都關了門，手上幾個活錢通通貼在日子裡頭過，這屋裡值錢的家私和些收藏更是一樣都動不了。

「鬧了兩個鐘點，賣出一百二十份。台上換人，舊話重提，只希望大家慎重考慮，因為這個公債雖然不強迫，可是一定要達到預定數量，至少十萬份，達不到預計數量，今天就不散會。」敬遠講給秉德聽。

「怎麼可能？現在誰家拿得出這麼多錢？」

「是沒辦法。禮堂兩邊門口站了槍兵，窗子裡望出去，學校門口也有人把守，台上換人輪流給大家講話，不但不能回家吃飯，大小便也要先報備，槍兵陪了去。」

「那後來怎麼了結的？」

「不曉得哪個出的主意，要場內的人互相指派，大家望來望去不敢，他們索性發了紙，隨你在紙上薦誰幾份，不記名，交卷就放你走路。我把紙上畫了個圈，交了就走了。」敬遠說著又靠回去，想起會場裡大家投票的情形，真是可笑可憐：一面伸長了脖子四處張望看看寫誰才好，一面遮遮掩掩的寫著怕人看見。他搖搖頭，不能不承認共產黨有一套，像這樣不合理的辦法，真虧他們用得出來。

「唉呀！那要是有恨你的，寫個楊敬遠五萬份，那也作數！」秉德憂形於色。

敬遠苦笑道：「那又怎麼辦？一屋子人出來，誰也不理誰，全多了別人的心又避自己的嫌疑，共產黨這一套夠厲害的了。——不管它了，我跟妳說，秉德，我出來的時候，走到羊叉街碰見一個人——奶媽來了。」

秉德聽說趕快站起來去迎。奶媽才要進屋，敬遠先從窗戶裡望見的。

「敏敏回來啦，」秉德抱過兒子，用臉挨他：「乖不乖呀？」

「先生，太太，」奶媽思想不新，還向他們行禮，「我到後面去弄飯去。」

原來燒飯的走了，奶媽幫忙弄弄，秉德多貼她一點錢，她自己在家事上頭手拙。

等奶媽走開了，秉德問敬遠：「剛才你說碰到個什麼人？」

「說起來妳也是不曉得，趙光，還是我鄉下私塾裡同過學的。」她問得家常，他心裡一下子鬆了，才能流利作答，他站起來，伸手要抱兒子，一面小聲說：「他有條路子可以離開岳陽。」

秉德僵在那裡，敬遠已經接過兒子，她卻沒鬆手，只低而快的說：「那好呀，什麼時候？」

「今天夜裡。」

「這麼快！」她失聲道。

敬遠忙要她噤聲。那孩子先已倒向父親肩上，媽媽沒鬆手，他又頑皮地倒了過去。

「敏敏要睏了，我抱他上樓去。」敬遠說。

秉德會意，夫妻倆帶著那孩子上樓進了臥房。

這裡沒旁人了，還不解事的嬰兒躺在搖籃裡，安然地玩著自己的足趾。

「趙光自己有條小船，幫人帶點貨，也帶人，現在越來越緊，跑得少了。他跟我說，到了湘潭，火車就一直通廣州，他的船可以送我到湘潭。今天夜裡，同記金號的金癩子要搭他的船去辦貨，可以加我一個。從湘潭起旱到洙州有一條山路，知道的人很少，也沒有哨，金癩子走過好幾趟，我跟著他走，洙州站小，查得不嚴，從洙州上車安全得多。」敬遠的聲音越說越低。秉德坐在搖籃邊輕輕推著，眼睛望向孩子，好像根本沒有聽見他的話。他只覺得心口湧上一陣陣的離愁。

「大哥曉得？」她輕輕地問。她迎面是窗，外面天漸漸晚得快，那戀戀不捨的餘暉簡直像是從她臉上褪下去的。

「還不曉得，不好特為去說，免得敗事。走得時候要去說一聲的。」敬文是堂兄，兩兄弟感情最好。

「秉德——」他喚她，聲音悽悽。他們一直講好了能逃的話，他處境危險，應該先走，事到臨頭，他還是對自己拋妻棄子的打算不能釋然。

「孩子睡了。」她說，「下去吧，早點吃了飯，好準備準備。」

她走在他前頭，聲音步履都很鎮靜。走到樓門口，她卻忽然一把拉住他的手。她的手冰冷，還微微抖著，好像訂了婚以後他頭一次拉她的手一樣。他牽著她走下那一小段樓梯，心中亂成一團。

然而，她卻出乎他意料之外的鎮定；她像平常一樣吃飯，好好的打發了奶媽，臨到門口，還跟奶媽扯了幾句閒淡。

她說要去替他收拾東西。屋裡已經暗了，樓下掌上來一盞煤油燈，照得一屋幽幽的影子。

「不要收拾了，帶了行李，路上給人看見就糟了。」他看見她要開箱子，忙制止道。

「幾點鐘走？」

「我十點鐘出門。」

「要到大哥那邊屋裡打個轉。」

「曉得。」

他不讓她打點，兩夫婦對坐竟無言，還是他想起來有些要緊證件需要清理，就拿小手電筒下樓到書房。

他再上樓的時候，還隔得老遠，就聽到一種奇怪的聲音。

「篤。篤。篤。篤。……」輕聲而沉重的，一會兒一下，一會兒一下。那聲音沒來由的擊得他鼻酸了起來。

走到門口，他看見秉德坐在一張矮腳凳上，膝頭撐開一把袁順記的大油紙傘，用一隻小錘一隻撥火的細鐵棒，對準了傘的竹柄往裡面敲。她專心的工作著，曉得他來，連頭都沒有抬。

怕敲得太響，鐵棒上包著布巾。燈擱在她旁邊的几上，每篤地一聲，那燈焰就跳一下。孩子依然睡得很熟，一點也沒有被驚動。

「這是幹什麼？」他問她。

她沒答話，只把傘收攏了倒一倒，被擊通了的竹節碎屑掉在地上，再用力點，確定倒乾淨了，才把傘放下，解開几上一個小布包，裡頭是她自己的首飾。

「總要想辦法帶點路費，」秉德低低地，彷彿說給自己聽，「你自己都不曉得這一路要走得多遠。」

他一句話都接不上，只挨床邊坐下，默默地看著燈下自己的妻。她正用棉花一件件裹了金鍊子一類可以盤弄的首飾，往傘柄裡頭塞。再拿棉花包著鐵棒老是塞塞緊。

「這樣也帶不多，帶多了傘太重會教人看出破綻，」秉德把傘執中掂掂，看會不會太不平衡，「你那裡還有幾十塊錢美金，你自己看怎麼謝趙先生，這個傘裡的東西，路上不要隨便拿出來得好……」

他癡癡望著她，聽著她，臉上癢癢的，淚早爬滿了一臉，身為男子漢能做的，只是忍住哽咽聲。他的妻頭都不抬，一樣樣事情替他盤算好，一樣樣事情教給他，他卻只能坐著淚眼望她。

「秉德，」他的聲音只在喉嚨裡打了個轉，她卻聽見了，猛抬頭，原來也早是一臉的淚。他忙過去蹲下握住她的手，她靠在他肩頭，無聲地啜泣起來。

終於還是她先開的口：「你路上要小心，不要掛記我和敏敏，等他一斷奶，我們就會去找你。我一個女人，他們不會把我怎麼樣的，真要逼得我急了，我——也不會對不起——你，李子仁的媳婦……」

他搖著頭，說不出話來；不走了，不走了，留下來，要死一起死！他做不了自己的主了，他要秉德留他。也許因為他自私，他希望她也自私。然而中國婦女的苦難都是自己來救，她不再多說什麼，只走開去，在旁邊面盆裡打濕了一條毛巾給他揩臉。

「該走了。」他軟弱地說。一面走過去看兒子。

「敏敏，敏敏。」他摸孩子的臉。索性把他抱起來：「來，爸爸端一泡尿。」

孩子熟睡得像一灘泥，頭軟軟地垂在父親的臂上。他捧著兒子，蹲在痰盂邊。

「噓——噓——」悠長的悽涼的口哨聲，喚出了徘徊在窗外黑裡的千古傷心事。他的淚又滾滾而下，幾滴落在那孩子的小毛頭上，那孩子觸動機關似的放了一點尿，了結了父親的心事。

腋下夾著油紙傘，小小一個衣包，還是恨這些東西露形藏，可是秉德不由他，只說夜裡沒人會看見。她不能送他，恐怕連看著他遠去都不能，兩夫婦就在屋前道別了。

近中秋了，月不圓卻明，院裡還有桂花的香氣，她站在門口，簷上垂下來的紫藤花，像長長的白色流蘇，就要拂到她臉上。他走得快，臨行只回了一次頭，可是她那簷下暗影中朦朧的身形，那園中飄散的桂花香，就要跟著他去到天涯海角。他不得不走得疾，可是步子好重好重，只因這一步步遠去的是他的妻、他的子、他自己一磚一木建立起來的家。

找到敬文非常順利，也沒有驚動到其他的人，因為敬文也為局勢心煩，他去的時候，他正一個人在自己院裡抽水煙，只是他卻堅持要送這個弟弟。

「不要送了，給人看見了不好。」才走出兩步，敬遠就悔。

「這裡過去很僻靜，白天都不大有人走。」敬文不依。

去湖邊的路果然僻靜，兩兄弟並肩走著，敬遠要說的都說了，又心煩意亂，老覺得不安。敬文卻也靜默著，半天兩個人一起開了口。

「走了好，登不——」「不要送了——」

「哥哥，」敬遠停下來，「不要送了，給人看見了不好。」

他只會這一句，聲音裡已經帶了淚。

「賡虞，」哥哥喊他書房裡的名字，聲音也嘶啞了，「生離死別，生離死別哦。」

他別過臉，搶先了幾步就往前衝，走開了好遠才回頭，看見大他十來歲的敬文傻著腰，捧著水煙袋，還是慢慢的跟著。他深深一揖，謝他的深情，作勢請他回去，那邊站定了，他耳裡彷彿聽見自己哥哥的聲音：生離死別，生離死別……。他不知道敬文怎麼忍心道破這一句！

他強不過哥哥。兩兄弟就這樣一前一後，保持著二十步左右的距離相送，一路上他回頭十幾二十遍，每次都就勢在肩膀上揩掉那落不完的男兒淚。一直到望見小碼頭旁邊的風篷船，最後一次回頭，敬文已經不知何時走開了。

船果然不大，壘得滿滿的劈柴，從艙裡滿到船板上，從外面一點都看不出來那裡可以藏人。趙光領著他，挪開一堆柴火，領他鑽進去，他這才發現，那劈柴一落落的架在旁邊，中間留下方方的一塊小天地，黑漆漆的伸手不見五指，鼻子裡盡是刺鼻的新柴味。

「楊先生？」金癩子輕聲和他打招呼。黑裡看不見和他共患難的人，敬遠含糊地應了，挨艙壁坐下。

外面輕輕響起運槳的聲音，想是離岸還近，不敢扯篷。他一顆驚惶的心隨著那清脆的水聲漸漸定了下來，離愁卻又立刻跟進，他心中慘然：就在這麼一團漆黑裡離開這生他長他的地方？

他四面黑裡張望，忽然發覺自己腦後竟然有一扇小窗，才猶疑了一秒，他立刻動手將窗推開。

窗極小，只有一本書那麼大，他把整張臉都貼了上去，下巴梗著懷中那把大油紙傘的頭頭。窗外是月光下的洞庭，他就讓岳陽城在他不止的淚眼中越去越遠……。

回家

劫後重逢的某一天，秉德粗糙的手撫遍他的臉，輕輕地說：「你有鬍子。」
他們洞房次日早上，新婦黑白分明的美目瞟一眼涎過臉來的新郎倌，
她也是說的這麼一句話。

「老先生，這邊也過不去呢。」計程司機停了車，調轉頭來對李謹洲說，「博愛路那邊我看更沒可能，你是就到這裡還是怎樣？」

謹洲看看外面的車陣人潮，再看看司機等待答覆的臉，無奈地嘟囔道，「這又是什麼事？去火車站也管制！」一壁挪臂掏錢準備下車。

司機找錢扳表，權威而興奮地道：「新聞說民進黨要求總統直選，攻占台北火車站，國民黨的警察四面圍堵。我要不是想來看現場，不會做你這個生意呢。」

「不像話，不像話——」謹洲咕嚕咕嚕地自言自語，心裡忙手裡慢的下了車。十年未見，哪裡不好約，約見台北火車站？謹洲自怨自艾。站定辨認辨認方向，嘆口氣舉步前行。

上次和楊敬遠見面算算也有上十年了，那還是老楊才放出來沒有多久時候的事。可楊敬遠是民國七十一，還是七十二年回來的呢？謹洲卻記不得了。反正年紀大，經不起今事往事的折磨，那次一別，雖然同在一個大台北，可是城南城北，居然不相往返又上十年，間中只打過拜年的電話，直到這次敬遠籌夠了路費要返鄉探親，打電話向他這跑了多次的老馬問路，說起來大家身體都不行了，敬遠竟在電話中涕泣道：「沒有別的想了，一把老骨頭自己帶回去——這個兒子還不是親生的，我沒養他的小，他倒養我的老！人家不嫌，我自己都嫌——」

謹洲聽見老友悲泣，想到自己在台灣這一個嫡嫡親親的兒子平日少搭不理，兒媳婦受丈夫身教也是心淡臉冷，孫女雖然可愛，查察父母顏色也少來老人膝下承歡。想著心中著實感慨，乃提出約見一敘的建議；他自開放大陸探親以來，已跑過家鄉四趟，自忖很有些老年返鄉者旅途須知的心得可以提供給老友。兩老早已深居簡出，說到要找個地方敘敘，一時之間卻沒了主意，磋商良久，約在火車站附近的某老牌餐廳，是少數一個兩老只靠自己就摸得到的地方。

卻不承想碰上這麼一個亂糟糟的場合！謹洲有點後悔沒帶手杖。他倒不怕走路，只是手裡有根手杖總是穩當點，老年人就是怕摔跤。老妻過世十五年了，這麼些年，自己不照顧自己，誰照顧你？七十九歲的老人還有這麼健旺，是他常引以自豪的。年輕的時候愛運動，後來蹲黑牢也沒有搞垮他，就是仗一個底子好。可是耳朵不行了，這時腦子裡嗡嗡叫，明知不是街上的人或車。沒帶手杖；這都還不知道要走多遠！街景也都變了，公園路這一帶好久不來了，來了也都是坐車經過，不記得什麼時候就都變了。謹洲看見打橫的路牌是青島東路——嘿，這司機！這麼遠就讓下車了？

一九五一年謹洲第一次到青島東路的時候，天已經黑了。車也是黑的。他兩邊都坐著人，不避諱的緊緊挨著他。謹洲眼睛並沒蒙著，可也沒看清楚四周景物。這一帶路不熟，又不敢先開口，儘管心裡著急，也不知道自己究竟給帶到了哪兒。大家一路沉默著。就算心裡沒一點數，也像押解人犯了。來帶人的時候倒還很客氣：「局裡請李先生去問幾句話。」那時候天真，還真以為問幾句話交代清楚就完事了。

先是隔離審訊，不准接見，關在一間小房裡，窗子糊死了，屋裡總開著燈，問話的人輪替著，打倒不怎麼打，只不許他睡覺。人累極了有種靈肉分離的錯覺。他的身體或坐或站的受著沒止盡的盤查，心裡卻漸漸空了似的。嘴裡有口無心機械似的答著話，一個念想只記掛著也不知道幾天了家裡怕還不知道他給帶了去哪。錶給拿走了，不知道白天黑夜幾點幾分。一樣的問題他們老問，只不許他問。有次碰到個脾氣躁的問話被他搶白了幾句，一巴掌打得他腦子裡嗡嗡叫了幾天——也許幾十年。

就在他覺得自己堅持不下去的時候，裡頭有個和氣點的告訴他審訊結束了，他是冤枉的。可以給家裡寫封信，宣判了就結案。還回答了他一個問題——這裡是軍法局的看守所，在青島東路。

這個看守所是一條龍作業，軍事法庭就設在同一個大院裡。謹洲給押著走一會兒也就到了。一間大點的房演文明戲一樣布置著個簡易法庭；國旗、黨旗、總理遺照、總裁玉照、桌子板凳，外加一個戴著眼鏡的軍法官。

謹洲是冤枉的，都查清楚了。可能是沒人擔得起有軍法局抓來的從看守所大門走出去的責任，冤枉的也判；六個月起跳。審判長宣判後特別召他向前，「李先生，我們現在是非常時期，不能錯放，你是老黨員，要了解，尤其你是有人告發的。這個判決書我這麼寫，你很快就沒事了。」

「——察該員雖無檢舉情事，然逗留匪區過久，思想難免毒化，然情節終非重大，茲判感訓六個月。」

六個月？謹洲貫信的白紙黑字和他效忠的黨都騙了人！六個月原來只合他牢獄之災的一個零頭。可是刑期「有期」畢竟給人希望，這希望之火每半年一燃，竟也支持著謹洲懷憂卻不喪志；漸漸上上下下也都知道他是個刑期短、情節輕的積極分子。他在這個四面只看得到海的不毛小島上漸漸混成了「新生」的頭頭，當了個班長。他那一隊全是民意代表，地方「顯」達——坐了牢，還是思想有問題坐的牢，就不好稱為賢達了——反正是說起來都還有點資歷或背景的各省地方人物，老弱殘兵一大堆，成天作詩的作詩，罵娘的罵娘，聚在一起盡多是感喟傷心流淚嘆氣。相比之下謹洲還算識時務；上課時積極參與討論，下課後還溫故知新；幸虧他原來也信仰這個主義，用起功來並不痛苦勉強。至於勞動更是全力以赴，權當是鍛鍊體魄。時間長了，雖然和大家一樣的出不去，島上多半的地方他也到得了。有甚麼「芝麻醬」、「豆瓣醬」之流的來視察，他也以模範新生的身分在打牙祭的時候往前坐，甚而喊喊起立敬禮的口號。到了這個時候，彷彿除了這個離不開的火燒島，無時不思卻又不能見的家裡人，他冒險犯難逃離共產黨政權來歸的國民政府也算就此安頓了他。

忘了那天為什麼會去到五隊，也許是一個什麼送信之類的跑腿差事。他是最不喜歡到那邊去的，看見島上的重刑犯人總讓他心裡難過。自己的親身經歷，外加這年把聽見看見的，謹洲固執地相信全島新生都是喫了冤枉的倒楣鬼。

「李先生，」一個小小的聲音叫，「李先生。」

謹洲耳朵不比從前。島上一年四季風大，白天晚上呼呼吹。

「李先生，」聲音大了點，「李謹洲先生！」

他循聲找去，一下並沒能認出那個穿著青灰犯人服，剃了光頭，太陽曬成黑糊糊的一個——嗯，人。

「謹爹——」那人用家鄉話再喊他，「李家謹爹——」

「楊敬遠！」他驚訝地低叫出聲；是他們縣城裡出了名的美男子，不說鄉音一點認不出了。正要相認敘舊，忽然驚覺非時非地，帶班的又已經注意這邊，乃輕輕一擺手，留下一句：「我想辦法找你。」就匆匆離去。

謹洲那天揣著一肚子疑團回隊；怎麼楊敬遠也進來了？自己出事前才吃了他的喜酒來的。要說自己這是個冤獄，不管怎樣，自己還跟政治沾上了邊，地方上也有恩有怨的扯不清，碰上這場浩劫，逃不過災星罩頂還有脈絡可尋，仇人可恨。楊敬遠這樣一個仕紳級的少爺人物，又安得上個甚麼罪名？共產黨進城後，楊家既地且富，楊敬遠被逼得隻身潛逃，後來的同鄉帶來壞消息，說他留在家裡的妻子受逼不過，帶著稚齡兒子投了湖。楊敬遠家裡前清有功名，父子兩代都不做民國的官。他自己一表人才，是四鄉有名的美男子，同鄉間又傳說他帶有金條逃難。一個也帶著個孩子的年輕寡婦自媒，楊敬遠先不肯，後來喜歡那孩子，說是與失了的兒子同年，又同情人丈夫死在共產黨手裡，又怕人母子生活沒有著落，才應了二婚。這一家子和共產黨可不是人家說的什麼苦大仇深？怎麼又給國民黨這邊抓了呢？

「命，謹爹，都是命——」敬遠吸口菸屁股，遞還給謹洲。雙手扶住頭，用一種認命了的悲涼腔調嘆息道：「我只跟不如我的比。船上認識的一家子五口，夫婦兩個都是醫生，基隆一下船就抓去槍斃了。是匪諜帶三個小孩來你這裡？人家幹了什麼？不過就是念書的時候參加過遊行，行醫的時候救治過共產黨？這都夠槍斃的罪了！我不同，我是自己簽名保舉了個共產黨的，判了終身感訓不冤枉。」

謹洲想楊敬遠一個大少爺不比自己，當初去的又是惡名昭彰的青島東路三號，怕是看守所裡受刑不過自己徹底認了罪，做了火燒島的新生還又給洗了腦，心中雖對他「判了感訓不冤枉」的說法極不以為然，可這還真輪不到自己來勸導，就長嘆道：「唉，亂世，亂世！寧為太平犬，不做亂世人哦。」說了又嘆。

關在島上，時間最不值錢，到他們真能這樣一聚時，距打個招呼的最初短暫重逢又已匆匆一年。敬遠判的感訓是無釋放期限的，結髮妻親生兒早已屍骨無存，再醮的妻原為生活託的終身，敬遠一宣判，很快兩造就同意辦妥協議離婚。倒是那個正式辦過收養的繼子楊宜中，六年級了，還一直給敬遠寫信，成了敬遠苦難中唯一的安慰。

「亂世難為人呀——」敬遠附和嘆息著，「我也常常覺得生不如死，可是，大概麻木不仁了，好像生也是死了一樣，那還要找個麻煩去死？現在是行屍走肉。只有給小孩寫寫信還有點意思，說是鼓勵他，也鼓勵自己。」敬遠苦笑，「我就想無期到死還無期？就算在這裡蹲一輩子；兩腳一伸日，全家團圓時——這還是我一點盼頭了。」

謹洲手一彈飛出一點流星；是已經燒到了手指的菸蒂。他惋惜地望著菸蒂燒盡，一面說，「無期怎麼樣，有期又怎麼樣？我是有期，不但有期，還只有六個月的管訓期。現在我到這裡四年了，還是釋放遙遙無期。我這個有期跟你的無期又有什麼分別？」

敬遠不曉得怎麼接這個話，只顧自翹首望向天邊。藍天上白雲朵朵，他的愛妻與子可在雲端上等他去團聚？宜中呢？那孩子又在做什麼？

謹洲不待敬遠回應，又自我排解道：「像你說的，只能跟不如的比。我給人告發的罪狀是發通電歡迎共產黨進城，碰上一個怕事的審判長，糊裡糊塗依例判個槍決，我都死了好幾年了。現在我還可以在這裡發牢騷已經是大造化了。」

敬遠聽說還是無言，只知嘆息。一會兒站起來告辭道：「我回去做事了。」旋又鞠一躬，誠懇地說：「還是要說真不知道怎麼謝你，在難中你老人家還幫這樣的大忙。不是你老，我還在做苦工，見不得天日，也許活不了了。」

謹洲忙搖頭擺手，想解釋，無從說起，又作罷。他這個「大忙」幫得本無心，被敬遠一謝再謝，謝得慚愧，只得無言。

事緣那天新到任的處長在辦公室單獨召見謹洲。

「我來以前到台東拜訪了廖兮尊先生；他是我們憲兵的老前輩。他提起你是他的小同鄉，要我關照關照。」處長說著竟然敬了謹洲一支菸，「有什麼意見儘管提。能辦的我辦，不能辦的我替你反映。」

謹洲很感動，立正道：「謝謝處長，也謝謝廖先生。」那年頭老抓人；本省人有異議是叛亂分子，外省人不必發異議，有人用手指指就成了匪諜，指證的還能領檢舉獎金。被抓的固然是悄沒聲息的不見了，家屬朋友也都噤若寒蟬。像廖某人這樣敢仗義認同鄉的，真是鳳毛麟角。

「我是冤枉的，」謹洲說。處長點點頭，一邊深深地看了他一眼。謹洲激動了；這個新處長和旁的不一樣，是熟人關照過，是了解和同情他的。有些混亂的，他繼續陳情：

「——就算不冤枉，我的刑期也早就滿了。」他把念茲在茲的判決書背了一遍。

「這個我們研究研究。」處長說。他的憲兵學長也說這李某人是個冤獄。罪名不小：投敵的省主席領銜發通電歡迎共產黨，下面大官小官排滿一張報紙，李謹洲三字赫然在列。憲兵學長說：「李謹洲那個時候一個人躲在廣州找機會逃跑，我家裡還見過他。他當縣長的時候清鄉殺過共產黨，不會也不敢去歡迎他們進城。」

「——說報紙是證物，那我還有人證呢？」謹洲哀告道，「報紙誰都可以登，我是三點水的洲，報上通電是沒有三點水的州。我——」

「時候到了我們會研究。」處長聲音稍沉，正色打斷謹洲，另啟話題：「這裡的生活怎麼樣？還習慣嗎？」

謹洲提起的希望一下沉了下去。原來還以為這個處長兩樣點。他沒有忘記自己階下囚的身分，卻壓抑不住心裡的失望，因而有點憤然地答道：「還能怎麼樣呢？感謝黨和政府寬大留著我條命就是了。」

處長不以為忤，順手翻翻面前卷宗，又換回和顏悅色，說：「你在這裡學習成績很好，要保持。」頓下又道，「不是每個人都像你這樣能覺悟，好好接受新生再教育，你不錯。可是這裡臥虎藏龍，也有敵人的頑固分子在我們中間，哪怕在我們新生訓導處，我敢說敵人還企圖滲透毒化我們，我們不能鬆懈。你如果發現有同學思想有問題，可以跟我談談。」處長用鼓勵的眼神看著他。

謹洲既感詫異又啼笑皆非；難道單獨召見是要鼓動他做奸細打難友的小報告？既是這樣的糊塗官腔長官，自己的冤屈也免談了。可是坐辦公室裡抽著整支的好菸跟人扯談怎麼也強似回營出操做工。一念及此，謹洲彈彈菸灰，深吸一口，開始上天入地，想啥說啥；從伙食、思想課程、一路扯到了標語。

「——就像處長說的，我們這裡臥虎藏龍，什麼人沒有！我一個同鄉楊敬遠，在五隊的，那不得了，聞名的書法家，真是一字千金。寫得一筆好字，以前說是一字千金真不為過。以前人家求他的字，還要託人，還要看他高興。現在他在這裡幹什麼？——敲石頭！可惜了是不是？要是他來給我們寫寫標語講義什麼的，那真是真是，嗄？」

「五隊？」處長蹙眉道，「五隊都是需要加強感訓的頑固分子不是？」

「也有例外的，像我跟你提的這個楊敬遠。他什麼罪？說他是保舉了共產黨當議長。他一個官宦人家的大少爺什麼危險人物？」謹洲講得興起，兩隻指頭夾著香菸比劃起來，「可既然是個地方紳士，不管是滿清、共和、國民黨、日本人，還是共產黨，派糧保舉，什麼事不找？這都判他個無期徒刑。說句關起門來講的話，地方上是這樣，中央呢？我們校長的嫡系都有幾個共產黨？不是他提拔的？真是！」

處長聽見謹洲牢騷發到不像話，趕緊打岔：「你說楊什麼？你把名字寫給我，以後研究研究。」

謹洲的刑期有沒有研究不知道，敬遠的事卻研究有了成果；改派了抄抄寫寫的差事。謹洲有時候也當文員差，同鄉難中乃能偶一聚首。

半年後，處長返台述職，臨行前又召見了謹洲。不痛不癢的官話說了一些後，淡淡地提起：「你的事我研究了。如果你找得到保的話，試試看。」

謹洲趕快給家裡寫信，要太太去求人。李太太那年還不滿三十，帶著十歲的兒子租住台北近郊鄉下農家的一個廂房隱居避禍，靠變賣首飾和在小學校代課慘淡度日。接信後再度鼓勇遍求舊識故交，約莫是有點身分又夠關係的人一一求到。然而幾個認識的檯面上的人既熟讀孔孟也都深諳趨吉避凶的道理；叛亂罪是講起來都要先四下望望再掩嘴就耳的事，哪裡有人敢挺身而出去做這種保人？於是李太太四處求人卻盡是徒勞，不但辦禮物往返交際讓她母子經濟愈加拮据，精神上也備受人情冷暖的打擊。

那時候廖兮尊先生只是台東一個鄉間學校的教書先生了。部隊轉進到台灣後他找個機會就辦了退休。廖先生對自己做個儒將的期許是既然不能做亂世的中流砥柱也起碼要懂得急流勇退；不能救人至少不能害人。於是他帶著家人離開了冠蓋雲集的台北，心安理得的用本地學生們聽不懂的鄉音在偏遠的台東誤人子弟。李太太那時並不認識這麼一位只有同鄉之誼的長者，得了謹洲的令只在台北瞎鑽營。還是謹洲終於得知自己太太求告無門的困境後，才姑且一試地對這一位咸認「關係不夠」的朋友求援。

誰知道，就這樣，彷彿輕輕易易地，原本遍求不得的那個「保」竟很快來了。再就釋放的命令也很快來了。謹洲盼了幾年，真正到了這一刻，失落竟然大於欣喜。他逢營裡官兵就問：是不是我半年刑期滿了有保就可以出去了？為什麼不早告訴我呢？這個保究竟是個什麼保？怎麼不見明文規定呢？如果我只差一個保，這多出來的幾年牢我白坐了嗎？

人家就笑他：「你老兄可以出去就出去，哪有那麼多問題！難道還捨不得走？這個保不保的當然是上面的規定。」

像場夢一樣；謹洲等到了船，就此離開了羈押他五年的火燒島回到台灣。

至於楊敬遠，他的惡夢則又延續了二十年。他和其他活得夠長的政治犯一齊等到了特赦。加上辦出獄手續和安排交通等等瑣事的零頭，當他再度踏上台灣島時已是民國六十九年，西元一九八〇年。楊敬遠三十一歲離開家鄉，三十六歲被關到火燒島。這一年，在台東港碼頭迎接花甲老翁的是已經改姓歸宗的繼子張宜中——敬遠第二次短暫婚姻裡新娘子帶過來的兒子。

躺在床上，敬遠再也無法成眠。住在台北十一年了，還是不習慣這二十四小時穿牆越戶的市聲；除非中夜不醒，醒來後就一定睡不回去。他披衣而起，想到陽台上去吸支菸，又怕驚擾了屋裡其他的人。磨蹭半晌，抗不過菸癮，到底還是躡手躡腳地開了門。

對過孫子的房門是開的，他踅了進去看看這個他一手帶大的孩子。他替孩子緊了緊被子，輕手輕腳地掩上門出去。

門口給宜中留的燈還亮著。顯然人還沒有回來，敬遠想，如果正巧碰上宜中回來不剛好告訴他這件事？

敬遠悄悄地走過客廳。有些艱難地彎下腰拾起散落在地上的兩件玩具。家裡一直沒有請人幫忙，他在這個家裡說是個老太爺，又不姓張；說是長工保母兼煮飯嘛，男主人叫爸爸，孫子也管他叫爺爺。他自忖對宜中實在沒有什麼養育之恩，宜中為他做的，親生兒子也有比不上的。

走上陽台，他才放心地吐了口大氣，點上一支菸。宜中最近戒了菸，要他也戒，媳婦也講過好幾次話了。這包，抽完這包——他說。七十二歲的老人，身體不行了，他們的孩子也大了，自己在這裡是多出來的了。

媳婦是一向多了他的；既不是個正牌公公，還沒有錢，還要他們贍養。好在宜中結婚遲，他這個冒牌老太爺還比女主人先進門。媳婦嫁過來的時候，宜中已經立業置產，敬遠覺得自己像一件丟不掉的舊家具一樣的被留了下來。幸好他們婚後很快就有了孩子，敬遠那時候才六十冒個頭，放下身段，不動強動，不拿強拿，一肩挑起管家保母的擔子。媳婦隨孩子喊爺爺，避開不想叫爸爸的尷尬。至此，一家人也就像一家人那樣過了下去。

八個月前敬遠聽說大陸妻兒還在人世。自從兩岸開放探親以來，同鄉熟人紛紛返鄉。只有敬遠孑然一身，家鄉也沒有了近親骨肉，想也不敢去想。然而一個同鄉帶來死人復生這樣令人震撼的消息，不由得他馬上當天夜裡就失眠；一時坐一時躺，再想起自己坎坷冤屈的一生，數度不能自已的痛哭出聲。宜中半夜聞聲而來，也陪他流淚。

「爸爸，這是好事嘛，」宜中勸他，「是好事啊，不要難過了。」他看著傷心的老人，又想起自己的身世，宜中的淚也因造化弄人汩汩而流了。

宜中的生身父親早逝，他記得的父愛全得自眼前飲泣的老人。敬遠蒙難後，母親很快為生活三嫁，之後幾年幾乎每年都替宜中添個弟弟或妹妹。母親分了心，新的繼父又不慈愛。宜中因憂患而早熟，和難中的敬遠竟一直保持了聯繫。是敬遠一封封信替他解疑教他成人，是敬遠一點點可憐的資產幫小宜中度過難關。宜中成年後回首來時路常要悚然驚心；要不是獄中繼父的諄諄言教，他想都不敢想在艱難無助的環境下他會成長成怎麼樣的一個人。十一年前，他懷著孺慕之情和報恩之心迎接父親回家，然而兒子身為大都會中小卒能給老人的不過是個遮風避雨的住所，老人卻又替他操持家務，帶大孩子，付出了更多。

「爸爸，不要傷心了，是好事呀——」宜中擤鼻子，也將面紙盒遞過去給敬遠，一壁道，「這是好人有好報，總算是老天有眼呀！」

「哦哦哦——」原先只是哽咽的敬遠聞言卻大哭出聲。老天沒有眼呀！他的一生是老天一個殘忍的玩笑，「哦哦——我這個樣子，我，我這個樣子——」苦命人還偏又受盡磨難死不掉，四十年未見的妻兒將會對他的潦倒怎樣的失望！經過二十五年的冤獄，敬遠以為自己已經對任何的惡運都可以無動於衷了，卻實在承受不起這樣一個喜訊。頭裡一緊，眼前一黑，他暈了過去。

醫生診斷是高血壓，常見的老年病，要注意養身。藥是不能斷的了。

「很貴，藥很貴。」敬遠吶吶地半跟自己半跟宜中說。那年台灣還沒全民健保，敬遠來台四十年，二十五年的資歷在綠島修路寫字，雖也是國家單位，那裡「退」下來，可是公保、勞保、農保什麼保險也輪不到。像他這樣是生不起病的呀。

「還好，」宜中安慰他，「不貴。」

「每天要吃，」敬遠憂形於色，「不是一天兩天。曉得要吃多久？怎麼不貴！」

「不比抽菸貴，你就放心吧。」宜中微笑道，「算不錯的了，這次連住院都沒住。」

宜中轉動方向盤在巷子裡找停車位。

「要戒菸了。我要戒菸。」敬遠忙道，「抽完這包就不買了。」

「老了就是麻煩。」敬遠自語道。一會又叫繼子，「宜中，我回大陸去好不好？」

「嗯？」宜中發現一個空位，趕緊搶過去，一面有點心不在焉地應道，「先聯絡上。聯絡上，看看情況，我有空請假陪你去。」

還沒等到宜中有空，家鄉親人的情況倒是先知道了。家鄉來的信也還長，敘述也很詳盡，字跡卻很陌生，是就敬遠太太秉德的口氣寫的。

敬遠隻身逃離家鄉以後，階級鬥爭並沒有如他們預期的對女人孩子手軟，秉德受到超過她能承受的壓力。無望之下，她懷綁稚子投湖。不料卻雙雙獲救。再又鬥過幾次以後，有個機會改嫁給有功返鄉的喪偶幹部，死過一次的人忽然豁出去了，她和從前劃清界線，毅然地嫁給那個看上她的幹部。那人碰巧還是敬遠楊家的族弟，早年在外地念書的時候就是地下黨。丈夫在新社會裡也算地方上的新貴，苦命母子總算找到庇蔭過了幾天平安日子。誰想沒多久，反右運動鋪天蓋地，老黨員丈夫也給人刨出了資產階級的劣根。丈夫戴了帽，夫婦一起判了勞改，兒子進了孤兒院，因為成分不好也就此失了學。文革族弟後來不知死於何時何地，秉德卻奇蹟似的經過了所有的折磨和苦難活了下來。文革以後族弟生前名譽得以平反，秉德也獲釋輾轉回到家鄉，居然找到了失散十多年的兒子。兒子那時已打回原籍在鄉下落戶，書香世家的子弟被社會主義改造成一個不識幾個大字的農民了。

信末說自己眼睛不好，信由族人某代筆。

敬遠得信自然又是流不盡的淚。心緒不寧，血壓也升高，人昏昏沉沉，自己害怕是時辰快要到了。死自然是不怕的，兒子髮妻不能再見上一面卻是死也不能甘心的。電視裡播放著演員歌星們為老兵返鄉籌款辦的愛心晚會，他卻是一個在社會善心之外的老囚徒。

敬遠和謹洲通電話；想起上十年前自己剛出來時老友見面，謹洲曾意氣風發地說他正在搜集資料，要替自己洗刷名譽，討還公道，他還要聯名難友上疏立法院監察院，要國民黨還他們這些誤判的「匪諜」一個清白。可是彼時敬遠還是才脫牢籠的驚弓之鳥，路上看到衙門都想繞道，哪敢關心這樣的大事。敬遠眼下籌措旅費需錢急用，不禁想起這件舊事，說不定他也有冤獄賠償的可能也未可知，不免動問。

「那個時候的人已經都不在了。」謹洲難掩落寞地答道。謹洲說的是十年前，他南北奔走，著實興頭了一陣子。「寫給監察院的信，連收到的公函也沒有回覆一張。立法院有個私人助理還回了個電話，卻只想知道跟二二八有沒有關聯，後來也不了了之。現在又是十年，一些老人死都死得差不多了。你我算是命長的，等到了開放探親，好歹回去看看。」謹洲接著絮絮說起，認識的誰又死了，誰又死了。

冤獄賠償聽來無望，敬遠情急智生，竟幫一個做便宜古董生意的同鄉賣起字來。二十多年關在綠島寫標語，楊敬遠這三個字自然不值錢，可是他能寫各家字體，接受大小尺寸的訂貨，上款落款也隨君意，遇上有創意的買家，要求古人給他尊翁寫幅壽幛也是有的。敬遠起先還害怕，這當老闆的同鄉安慰他道：「你老今生的牢獄之災已經到頭了，怕是下輩子的帳都清了。再說了，有事也是我的事，我都不怕，你怕什麼！」

敬遠想，沒給關過當然不怕。可他又哪有更好的生財之道呢？只能硬起頭皮走這個險路。誰想世事難料；幾十年前他來台灣奉公守法卻不由分說地給關了二十五年，現在做著不能告人的勾當，卻碰上台灣錢淹腳目的年頭，接了不少訂單。敬遠返鄉所需的一大筆盤纏居然就此漸漸有了著落。

不能再給宜中添麻煩了，敬遠想，自己是隨時倒得下去的人了。他沒有付與宜中生命，更沒有養宜中的小。宜中的長大成人是他二十五年牢獄生涯中最大的安慰，到頭出來還是這個有心的孩子安養他。敬遠想著吸吸鼻子：不是骨肉，是比骨肉還親的親人哦！

門口有響動。敬遠用袖口揩揩眼睛鼻子，離開陽台迎了過去。

「還沒睡？」宜中對迎上來的老人說，「說了不要替我等門嘛。做生意跑不掉要應酬。」

「累不累？」敬遠問兒子，「近來你特別忙，想跟你講點事，老碰不上你得空。」

宜中歉然道：「真就是太忙了。是不是去大陸的事？恐怕要等到——」

「我已經都辦好了；台胞證、入港證都有了，機票也買了。」敬遠一口氣說出來，有點想獻寶的意思，旋又有點不好意思自己的包辦，「李伯伯介紹了個旅行社，什麼都辦，兩萬四千塊。」

「爸爸——」宜中詫異地喊。是驚訝老人辦事的效率和能幹。

「錢我都付清了。」敬遠忙解惑，「我幫周伯伯寫字。不是告訴過你？」

宜中笑起來，道：「這麼好賺？」

敬遠能自食其力，心中小有得意，便也嘿嘿地道：「是辛苦一點；寫小楷眼力不行了，大楷，手勁也不行了。」

他接著告訴宜中行程細節。

「回程呢？」宜中問，「你什麼時候回來？」

敬遠看看高出他一個頭的繼子，心裡想只怕回不來了。可是宜中的一雙眼睛定定地望著他，像三十多年前那個下午，小小的宜中抬頭定定地望著他：「你什麼時候回來？」

那是保安司令部把他禁見審訊的初期，兩個人押著他回家找更多通匪證據。臨了門口碰到孩子，他問媽媽呢？孩子只搖頭，眼睛碌碌地看那兩個制著他肘的陌生人。他要孩子聽媽媽話，好好念書。人家見他婆媽，蹙眉抬手示意走。孩子忽然開口道：「你什麼時候回來？」

「就回來。」他說，鼻子一酸，心裡想只怕回不來了。

敬遠轉過身，不想宜中發現他心情的轉變。「也許就回來。」他說，「到了那裡看情形。決定回來的時候我通知你。」

這大半年為了籌措旅費敬遠賣了老命；白天黑夜有空就寫，寫著寫著，自己覺得有什麼東西從筆間滲了出去；在集中營裡寫標語，一絲絲滲出去的是青春歲月，現在年逾七十，只剩下返鄉一念保住的一口元氣。

「宜中，」敬遠回頭拍拍繼子的手，想握緊。還叫伯伯的時候，他們一大一小就投緣，「牽手，來，伯伯牽手。」孩子暖暖的小手就緊緊握住他的大手。結婚以後，孩子的媽媽假日裡喜歡打打衛生麻將，他就牽著孩子的小手到東去西的遊玩。後來她又喜歡晚睡晚起，天天又是敬遠牽著孩子的小手送上學。現在宜中的手比他自己的大了許多了。敬遠暗自嘆息；這一生人錯過的何只是這一雙小手長成了大手？

「宜中，」敬遠只在他手上按了按，「這些年多虧你——你是我的親人。」

「我知道，你也是。」宜中說。他真是累了，又喝了酒。頭往沙發背上一靠，眼睛馬上就重得張不開了。

「到床上去睡。」敬遠喊他。宜中咿哦相應。敬遠只好去房裡拿床毯子替他蓋上。宜中驚覺，奮力而起，一面口齒不清地道：「累了，我去睡了。」

三十年前睡不醒，三十年後睡不著。敬遠老來常常想起這句俗話。尤其和家鄉聯絡上以後，簡直沒有過一夜好覺，總是翻起爬倒要到天亮倦極了才能瞇一下。和謹洲相約見面這天又到天亮才睡著。醒來匆匆盥洗出門。敬遠也來到台北火車站一帶。

車站已開始更嚴格的管制，卻攔不住熱情的參與者和看熱鬧的人。人潮很快地聚集，賣零食和水的小販也來搶占地盤，於是到處交通大亂。敬遠夜裡失眠，起得晚了，晨起沒開電視消息不靈通，這下被擠在天橋上，進退兩難。本來嘛，行人天橋這會是樓上包廂位，視野最佳，連電視台的記者也看好這個位置要擠上來。橋下大街上群眾唱起歌來，旋又有人跳上宣傳車帶領呼口號。敬遠先還看著有點趣，甚至遙想起當年參加抗日遊行的舊事。忽然遊行示威的隊伍一陣騷動，有頭纏白巾的人揮舞起旗桿叫囂作勢，天橋上有看熱鬧的老經驗興奮地發出預告：「吼——要打了，要打了！」敬遠聽說，心裡著急起來；失悔和謹洲約在這種地方相會。孔夫子教訓亂邦不入，他一個有前科的在這個亂成一團的地方瞎攪和，再要抓了他去，別說二十五年，只怕二十五天都拖不過去。

「都什麼時代了！」宜中老說他疑神疑鬼想太多，可是宜中沒經過這些哪裡知道厲害？李謹洲比敬遠自己早出來二十年，什麼不曉得？

「不一樣。我們和良民不一樣。」謹洲在敬遠剛放出來的時候就告誡過他，「像我家就經常，欸，經常來查戶口。搬到哪裡都跟著你，你的檔案都跟著你，管區警員都有你的資料，特別注意你。欸——」謹洲單手做個六字，小指晃到敬遠鼻子前面，「六十歲，我留意過，到六十歲以後他們才不來了。」

「那我安全啦，」敬遠故作輕鬆地道，「老朽了，原先就算真有問題，過了六十人家想你也造不動反了。」

「那不一定。」謹洲見老友彷彿鬆了戒心，趕快另舉一例：「平江那個陳胖子，認識吧？——起碼聽說過這個人吧？——前兩年才抓過的呀。六十大幾啦。」謹洲感覺到自己的話達到預期的影響力，便較實事求是地道，「不像從前那樣要殺人了，關幾天就放了。什麼事？——誰也不知道。出來乖乖的，什麼話也不敢講，家都搬了。他個老同事說就是公園裡打太極拳的時候多發了牢騷，給打了報告。好在他沒前科——」

敬遠一念及此不免煩躁起來，「請讓讓，請讓讓！」他划動手臂試著幫助身體往前挪。

「擠什麼擠！」一個痞子模樣青年用肩把老人拱回去，還回轉頭對著他怒目而視。

「我，我過去。」敬遠軟弱地抗議道，「大家都有事。」

「對呀，都擠在橋上不走，人家還有事耶，搞什麼鬼！」一個年輕小姐大聲幫腔。

痞子模樣青年馬上把話攬往自己，雙手胸膛上一交，怒喝道：「恰查某，你說誰人？你才搞什麼鬼！」再用舌間呸出嘴裡原先咀嚼著的一點什麼渣子，輕蔑又挑釁地道：

「你想怎樣？」

橋上眾人看見橋下尚未開打身旁已有熱鬧可瞧，紛紛轉移注意焦點，一時之間把那年輕女郎看得羞紅了臉。女郎惱羞成怒，把皮包一甩，直接從那猶自罵聲不絕的惡漢身邊擠了過去。敬遠趕快跟上。後面又緊緊跟上幾個見機的，其後又有人，竟此形成人流局部打開了天橋上交通阻塞。

敬遠後面也是位老先生。擠下橋後安慰先前仗義的小姐：「真多謝你，不是你我們都過不來。那個人太無聊了。」

小姐猶忿忿不平，既離險地，又有人表揚，就開罵道：「不要臉！去死好了。我們還禮儀之邦呢。不要臉，只敢欺負女人和老人……」她嘟嘟囔囔而去。

敬遠又擠一段快到了才緩下腳步調勻氣息。向前一望，壞了——相約的館子連鐵捲門都拉下來了。

「……鐵門都拉下來了。旁邊又亂，我——」敬遠頓了頓，把個「怕」字嚥回去，改口道，「我只好走了。」

謹洲在電話那頭遺憾地道：「那種亂糟糟的場合是該走開。我坐計程車繞了半天繞不進去，還走青島東路那邊去了。我走走看到不像話，也回來了。就是這一面沒見上，把我們兩個老傢伙折磨一場好的。」

「謹爹，對不起你老人家。」敬遠致歉，卻忽然傷起心來，「我半生坐牢，沒有別的朋友，跟你這一面都沒有見上——」

「回來再見，回來再見。」謹洲趕快安慰老友，「一樣，等你回來再見一樣。」謹洲恐怕敬遠又說些什麼回不來了之類的喪氣話，就轉變話題道：「我跟你說啊，心裡要有準備哦。唉，少小離家老大回，什麼都變了，人事全非，人事全非。景物也變了，鄉下以前那麼多大樹都砍光了，稍為大點的房子也都拆掉了。城裡也變了，可是還認得出來哪裡是哪裡。我上次跟你說過沒有？你城裡的房子還在，我經過過，還特意站在門口看了一看。現在住得亂七八糟好幾家子人，還都不是本縣的。可惜喔，你那個花園不在了……」

是啊，花園不在了；謹洲年紀大了，一樣的話講了又講，他老提起那花園。那時候到他們縣城裡，出了火車站叫人力車，只說「楊家花園」，街名反而不彰。戰後整修翻新完畢的頭一個春天，百花齊放，不是三月可是他做流觴之會。城裡有點頭臉的都來飲酒唱和；李謹洲那時聽說不太看得上他，在背後譏諷他讀了新書做舊事，明明是個民國的人還裝遺少，成天作詩寫字修園子，不知憂國憂民憂天下。可是那天的盛會連李謹洲也到了一到。照相師傅在紫藤花架下照過他們一家三口的全家福。照得好，又是城裡的名流，就央請放大了陳列在照相館櫥窗中招徠。共產黨進城，派人夜裡敲門高價買回來毀棄。他留下一幀小張的，貼身藏著隨他歷經滄桑，以至於相中三個人的面目都模糊了，只有背景裡的那架花，黑白照裡都看得出當時盛放的張揚。

睽違了四十年的親人啊，那花下的人還能不能再坐在一處呢？敬遠拿著電話聽筒的手微微顫抖起來。他的鼻中酸楚，只能忍聲唯唯諾諾，多應少答。

謹洲卻未覺，仍顧自在講他的那一篇老話：「……我不知道你太太兒子在你鄉裡，知道我會去看他們。順路，要進城一定要先到你們那裡嘛。鄉下是落後，你心裡要——好了，馬上就好了——唉，老了就是討她們的厭，我孫女兒嫌我講長了她的什麼狗屁要緊電話打不進來。也不想想我八十歲的人了還能搶她多久的電話？——好了啦，吵什麼！——好了好了，給她打岔打的。唉！我們以後再聊。走前沒有空，回來以後一定要見個面。」

兩老的這一面卻最終沒能見上。

敬遠病在途中，死在鄉下祖籍。城裡他一手設計監造，卻已片瓦不存的楊家花園舊址也並沒能親臨憑弔。可是這苦人含笑而逝，結髮妻親生兒圍繞送終。他到死沒有鬆開緊握住的親人的手，是四十年錯過的親情他要帶了走。返鄉前他原來日夜慚愧自己的潦倒，擔心兒子會對他的拮据窮困失望，不意他相當台北闊佬頓飯之資的幾萬台幣積蓄竟讓兒子全家覺得前半生吃的苦都受了補償；他原先又最愁煩妻子秉德要看見他的龍鍾老態，不意磨難已使她全盲。劫後重逢的某一天，秉德粗糙的手撫遍他的臉，輕輕地說：「你有鬍子。」他們洞房次日早上，新婦黑白分明的美目瞟一眼涎過臉來的新郎倌，她也是說的這麼一句話。

彌留之際，迴光返照，敬遠突然覺得精神一振，睜開眼睛，卻看見床邊瞎眼老婦漸漸化成昔日美麗的少婦，中年農民也變成一個平頭圓臉的可愛男孩，他們身後出現一花架，纍纍垂下紫藤花，有的盛開有的含苞，深紫淺紫粉紫還有綠葉點綴其中；顏色分明，不是他那張看模糊了的小照。不是——他笑了，是真的！他握住愛妻嬌兒一人一隻手，照相師傅高高舉起打光燈，敬遠把兩手一緊，對他們說：「看！」

灼然白光一閃，楊敬遠回家了。

桃花井

小紅至此完全為老縣長的談吐風度折服，
她還是第一次聽到土腔講「幸福」這種有時尚感的詞句，從來也只在瓊瑤劇裡聽見講過。
小紅為有這樣一個體面公公的可能未來感到幸福，
竟也文謅謅地說：「要是我媽媽也跟謹爹有緣，我們做小輩的就太幸福了。」

地名很浪漫，叫桃花井。要是和古城同壽，三國時候就有了。多年前可能是既有桃花又有井水的美麗城郊。可是現在桃花、井水早已不知何處去，光看見這個二級縣城中心髒亂繁忙主街轉進去的一條低窪狹窄街道路牌上桃花井三個字。嚴格說起來桃花井不算街名，有點類似區，又不夠大。古城歷經朝代更迭與戰亂，地名多不可考，比如從桃花井坐公車沿湖東走兩站叫魯肅墓，也是這樣一個有著消失地標的聚落，再兩站叫狀元橋，也是既無狀元第又無橋的。桃花井空留一個謎一般的綺麗地名，可現實是這裡街巷近新興鬧市，兩旁密集地塞著高矮錯落的水泥磚牆房子，一式灰撲撲地很難分出新舊，再看又不同；有小房低到都不信住了人家的，也有平地拔蔥似的六、七層板式樓房；樓房有六層的也有七層的，都是八〇年代造的低於必須裝置電梯高度限制的老舊公房。桃花井建築物一致的特色是缺乏設計和美感，高樓和占了防火巷的違章個體建築彷彿系出同門，在街巷裡面目模糊地並列著。其實這時已經改革開放正實踐著有中國特色的社會主義經濟，縣城裡也有像樣一點的商品房了，可沒有建商看上低窪狹窄的桃花井來圈地改建。雖然這兒地段好，真正是繁華主街上轉個彎的位置。也許細究起桃花井不受本地房產商和市場青睞的原因也有歷史因素？當然不需要追溯到明、清或更早，誰知道那時候的事？可是舊社會去古未遠，本城老一輩都記得那時的桃花井從湖邊卸貨碼頭算起兩條街巷開的都是大煙館、妓院、賭場這種生意；和本城狹義的「街上」還隔著好幾步路；這個把桃花井三面包圍的緩衝地帶由南到北依次是依附特種營業生存的小商鋪，菜市集，和鄰省逃荒難民聚居的棚屋群落。這一帶四鄉土話管縣城叫「街上」，可是城裡人口中的「街上」卻窄化到幾條有大商戶和宅院的道路，桃花井的幾條街巷不算。這麼說吧，本地方言沒有貧民窟這個詞彙，可是你跟街上老人說「桃花井」，那個意思也就很接近了。

董婆一個人住著桃花井十三巷十三號六樓一個一居室。本地的風俗以老為尊；男人互稱「某爹」或「某家某爹」，不熟識或表高度尊敬就喊「您老人家」；受過教育或有身分的女士稱呼比照男人。董婆芳名金花，人不稱「金爹」表示她的社經地位不高，屬市井之流，可能年輕時叫「細妹仔」，為人婦了冠夫姓稱「某嫂」，半老以後又回復娘家姓像金花這樣叫「董婆」。

那年鄧小平南巡，在幾個大地方發表談話盛讚改革開放的成果，可內陸一個縣城，即使因為暴增的人口已經改制為市了，到底不比沿海城市得到的資源和關注。這兒頭腦靈活先富起來的固然也有，可更多數人還是沿襲著原先熟悉的生活方式和思維在一個磨裡轉。可是物價卻不等人醒過來趕上，只不動聲色地顧自漲起來。這可苦了城裡吃了幾十年大鍋飯的大多數市民。這裡頭又以像董婆這樣退休職工的遺眷最受打擊；到了每個月下半董婆真是恨不能把一張人民幣剪成兩半來用。

董婆雖然獨居卻並不是個孤老；她有兒子、媳婦，和一個孫女兒。兒子林有慶一家住得很近，就在離董婆兩個街口的菜市場邊上。房子是董婆前任丈夫單位分的，原先董婆和兒子一家過，八年前本城住房緊張，兒子媳婦要騰地給逐漸長大的孫女兒，媳婦王小紅就替婆婆牽線找了去年才死的這一任丈夫。董婆這任的老頭子生前身體和脾氣都不好，和他自己前面兩個嫁了的女兒不睦，平日少來往。小紅當初替婆婆看上死鬼老頭也想過這一層：

「老頭沒嫌你媽老，你還嫌老頭身體不好？身體好就不找人了。再說身體不好，你媽過去了不會挨打。最要緊跟我們住得近，好走動。」小紅前一晚在枕頭旁邊對丈夫有慶曉以大義，次日再說服婆婆的時候語氣就更堅定，「其他都不怕，最要緊是家庭單純最要緊。老頭女兒兩個都嫁得遠，說是還有過年都不來看老頭子的。還有最要緊是分房最要緊，老頭有單位，年資夠，不能讓他差個堂客喫暗虧。」八〇初內陸縣城裡文化大革命的餘威猶在，買糧食有錢不夠還要要票，資本主義的歪風既沒吹到，連小紅這樣天生的精明人都只看到「住」這一項鼻子前面的民生問題：「最要緊是他們單位的地就在街上，舊房子已經拆了，就快起樓了，不像我們這裡還是說說的事。還有最要緊是女兒是人家家的，既不要她們養老送終，以後分到的住房就歸我們了。」

可是死鬼老頭兩腳一伸，前房女兒就來轟董婆出去。董婆的這次婚姻也有八年了，把個病包從嫁進門伺候到送火葬場談何容易？董婆嚥不下這口氣，不免呼天搶地。可這時社會主義中國再蔽塞的地方也沾上了資本主義的臭氣；人也曉得錢的好了，公房的政策也鬆動了，有人出錢頂房子的事也不是新聞了，老頭前房就狠了心的只管鬧。這時候就看出來當年小紅有遠見，距離遠近果然有利害；上陣不離母子兵，董婆這邊援軍一叫就到，以逸代勞；小紅和有慶過來幫忙和老頭女兒、女婿打過幾架後，雖未立即分出輸贏，把未亡人掃地出門的缺德事也暫時成了個拖字局。老頭兩個女兒喫了住得遠的虧，每次去桃花井找碴，兩家還要相約，還要花車錢，把老太婆轟出去後究竟是哪家多得利也事先猜忌。於是在這種敵人鬧內部矛盾的情勢下，董婆這年算是坐穩了她桃花井一居室裡的板凳。

可是人就算坐在龍椅上也要吃飯。董婆雖然頂替了死鬼老頭單位名冊上的遺缺，繼續領丈夫從前的工資，可是現下百物飛漲，不比正職工人有技術的掙外快，有辦法的拿補貼，她這一點點死工資漸漸連維持一日兩餐都困難起來。所以即便是每回都要爬上爬下六層樓，她去兒子家裡蹭飯的次數也越來越頻繁。

小紅很快察覺了。她雖然精明，心腸卻不壞。她的最大長處是務實；解決問題直搗核心，不像本城一般底層婦女那樣嘈嘈嚷嚷只會拍著地罵街。小紅乍看就是個一般婦女，和本城其他三、四十歲的某嫂們一樣頂著個燙捲了的男式鴨尾巴頭，小個子，圓臉，黃白皮膚。可是她的眼睛不同，像兩顆大的黑杏子，眼珠子晶晶亮，彷彿隨時滴溜溜一轉，就有計上心頭。可不是，憑她當年做媳婦沒幾年就把婆婆給嫁了的手段，就知道是個人才。她要是有人給她機會，沒準能幹番事業，起碼不輸給幾個只靠運氣或關係的農民企業家。可惜小紅生不逢時與地，在這個當下做了個縣城小市民；家裡既沒田地跟人合建，也沒村人可以組織鄉鎮企業，基本她手上除了一個婆婆，還真沒其他籌碼。

小紅也知道現在不比八年前，要替自己六十開外的婆婆找個老公公不是件簡單的事；可是智慧是靠經驗累積出來的，這次難肯定是難，可是小紅隱隱感覺城裡有一個新的市場在形成；她的文化不高，具體是什麼還講不出來；只是像一個天生的生意人，小紅決定找機會把家有老人的負債化為資產。

事實是，在古城一般人的眼裡，像董婆這樣上了六十已經是耆老了。這裡多數人十六到十八就成家，五十歲好命的指標是含飴弄孫，六十以後搬張椅子坐在門口曬著太陽看看過往行人就算盡了人生的社會責任。董婆五十五歲和死鬼老頭湊成一家已經給人背後指手畫腳，過了八年丈夫死了，前房女兒還敢打上門，也是因為瞧不起，沒把她當後媽。董婆出生於北伐之際，成長於日本侵華和國共內戰之間，除了人禍的戰爭，她還經歷了幾次分屬天災的洪水和既是人禍也是天災的饑荒。她算識字；會寫自己的名字，也認識紙牌上的「上大人」。不讀書思想相對單純，她一生所遭遇的各種困難和挑戰都只有一個目標，就是活下去。小時候她給賣到窯子裡，棍子才落到身上，她就從了；兒子剛娶媳婦，她也抖起來以為自己做了婆婆，等小紅拿出手段，她就趕快偃旗息鼓，與新的女主人和平相處。小紅不愧是雞窩裡的鳳凰，和一般市井婦女以婆婆為天敵的態度不同，她收服了董婆以後完全不趁勢追擊，反而盡釋前嫌，把婆媳關係弄得不錯。小紅的原則是只要彼此都知道這個屋裡誰說了算，她不會嫌婆婆吃了閒飯的；如果真有問題，比如上次為了住房，就拿出實際的辦法替婆婆另找個地來解決。這一次的目標不如上次明確，可是改善生活品質的大方向是有一致性的，只是現在董婆實在老了，再嫁要笑掉人家大牙，鄰里會議論小紅夫婦是逃避生養死葬的人子義務，所以小紅心裡的主意是對丈夫有慶也不能透露的。「不管它！」小紅把眉毛一挑，心想，「八字還沒一撇，有了信再說。」

這時兩岸開放探親已經六、七年，城裡當年逃跑了又僥倖命夠長的「地富反壞右」分子或者鄉下被抓到台灣去的壯丁紛紛回鄉一遊，就不時有些老情人重續舊姻緣的事件在地方電視當新聞播出。看了幾次小紅不禁幻想要是能把婆婆嫁個台灣老頭那就好了。可是他們家庭三代都定調「城市貧民」，「十年動盪」時候既沒給鬥過，這時候又哪裡去找台灣關係呢？

小紅是被服廠的熟練工人。車間同事都是女的，也都多年共事。古城因為各業不發達，就業機會有限，不少第二、三代頂替了母親、外婆的職位進廠。中越戰爭以後，廠裡軍方業務量下降，廠裡人員卻沒法裁減，活少人多，工廠裡員工的紀律越來越差，這會已是回家燒飯午睡的，買小菜走人家的、扎堆聊閒天的，什麼都有。和她認識的多數人一樣，小紅沒有看書看報的習慣，所有的新聞都是這裡那裡聽來；即便電視新聞聯播也要認識的人分析評論了才算數。

「陳嫂，」小紅問一個她相信的前輩工友，「昨天電視演一個台灣人認親你看了沒有？」本地人把回來探親的老鄉一體歸為台灣人。

「沒看。」陳嫂笑著白她一眼，「哪個耐煩看認親？我現在都看還珠格格。」

「小紅，」另一個年齡相仿的插話調侃她，「你最近對台灣人特別感興趣，想換老公啊？」

「換什麼老公？」小紅開得起玩笑，「台灣人都是老頭子。換給你，你要！」

「欸，說到台灣人老頭子認親，我上星期回李村還聽到一個。」第四個加入講閒話，是陳嫂一輩的，都叫她丁嫂，和陳嫂熟，可是和小紅這些晚一輩的交情卻只一般。丁嫂前兩天外婆死了下鄉送終聽了鄉談來分享：「李村一個台灣人老頭說是解放前的老縣長回去我外婆鄉裡找兒子。」

「找到沒？」有人問。

「後來找到了，在容家灣找到了，原來李村的。老縣長是我外婆鄉裡的人，去台灣的時候一個大兒子留在鄉下，後來到容家灣去了。」丁嫂幾年才為紅白事下趟鄉，時間全攪混了，把歷史當新聞在那扯淡，「台灣老頭子花了五千塊把兒子一家戶口搬回城裡。一家呀！現在五千塊看辦得成一個人的戶口不？就為他以前是縣長，不是普通人，瘦死的駱駝比馬大。台灣老頭認了親以後常來的，昨天招待所小吳說她們那裡住個台灣老頭就是他。」丁嫂自覺故事結束得不夠精采，前縣長這個身分顯然沒引起聽眾騷動，就離開了認親的主題加料，「國民黨都是好色的，」她感覺到聽眾注意力的集中了，講得來勁了，「國民黨真是跟戲裡演的一樣，那麼老了跟鄉裡來看他的說要找個堂客。八十歲了，真是！」

眾女工哄笑起來，用一些隱晦的野話開起老人性功能和需求的玩笑。小紅卻在一片戲謔聲中提了兩個嚴肅的問題：「兒子在城裡，不和兒子住？住我們廠招待所怕不要幾十塊一天？」

小紅估得低了，被服廠招待所住一晚要價一百塊錢人民幣。老縣長李謹洲從放出有意在家鄉續弦的消息以後已經在招待所住了十來天了。如果再這麼住下去，加上天天三親四友來拜訪作媒打抽豐，老先生不免耽心婚事八字沒一撇卻要面對床頭金盡的危機了。

這天午睡過後，謹洲老先生興沖沖刮面梳頭，換穿得西裝革履，正打扮妥當，居中做介紹的鄉親打電話通知，說原先要見第二面的退休教師對象悔約了。謹洲心煩，不知漫漫長日竟如何打發？無奈間拆開台灣帶來的茶袋泡茶，熱水瓶不保溫，茶泡不開。謹洲打開房門對走廊上每層樓設有一個的小櫃檯叫服務員換熱水。三個細妹仔擠在一個四尺來寬的桌面後頭，聞喚你推我，我推你，終於一個開口告訴他：「沒有。」招待所一天早晚換兩次熱水瓶，到時服務員自備鑰匙進房，連客人的門都不用敲。

謹洲聞言開罵道：「你們這個招待所比台灣鄉下的小旅館還不如！」摔了門，挑出打濕的茶包，小心放在蓋上留待以後。自己就喝溫開水。入口覺得白開水味道可疑，也不知問題是水還是杯子，一時間只覺諸事不順心。幸好老眼昏花，看不見牆上、床上還有不可細究的斑斑點點。

招待所其實很新，有些地方還散發著油漆味道。那一陣子各地縣級公營事業很熱衷開辦食堂、招待所甚至卡拉ＯＫ、迪斯可舞廳，而且讓承包人對外營業提高單位經濟效益。可是經營旅館畢竟不是被服廠的專長，這個招待所開張雖然解決了幾個員工眷屬的就業問題，服務品質和客流量卻比不上對街香港華僑投資經營的華僑賓館。謹洲頭兩次返鄉也和其他的台港澳返鄉旅客一樣住三星級賓館，八〇末台幣兌美元勢頭走高，算算一晚所費也不過數百新台幣，親戚朋友來了就酒店裡開席，又方便、又派頭。可是返鄉次數一多，每次停留時間又越來越長，在賓館吃住的開銷就為謹洲原不豐厚的荷包加上沉重的負擔。

謹洲自覺在家鄉不比在台灣，在這兒他可不是隨隨便便一個平頭百姓。他李謹洲原是本地父母官，半個世紀前是這個當時四十萬人口農業大縣裡的第一把手。加上他老李家是本地望族，幾代耕讀傳家，大排行十幾房，雖然後來城裡的劃成了財主，鄉裡的劃成了地主，家庭成分差，子弟多只准耕、工不准讀，可實施一胎化政策前沒不讓生孩子，於是老李家進入新中國後旺丁不旺財，在本縣城裡、鄉裡到處開枝散葉。謹洲頭次回鄉時，席開三十桌，親友坐滿賓館宴會廳，他同桌坐著小他兩輩的市長、書記，自稱末學，叫他前輩，完全不提國共相爭時的生死大仇。頭次返鄉時間很短，可是七十多歲的老先生天天又哭又笑，情緒起伏太大，血壓不穩，謹洲返台就小中風住進醫院。

「你看這個。」謹洲把幾張密密麻麻寫滿鋼筆字的筆記紙秀給接他出院的兒子李慎行看。

慎行瞄一眼，有點不耐地道：「你早就給我看過了。」紙上是簡易家譜，新添了李氏家族從一九四九年以後出生的成員。

「不是！我教你看這個——」謹洲指出名字旁邊紅筆打的小記號，「一個點這是上次送了的，一個圈下次送個戒指，兩個圈是跟你共祖父的，送項鍊。」謹洲頭次去帶的金飾不夠分配給所有親戚。

慎行聽說，覺得自己也血壓上升，不免提高聲音道：「爸你開金店呀！」一面拿過幾張紙打算估估總數，卻一眼先看見獨獨自己一家名字旁邊沒有記號，「那我老婆、女兒呢？不是李家的啊？」

謹洲劈手奪回簡易家譜，怒道：「怎麼比的？真是懶得睬你！」

慎行看老父動怒，怕老人身體剛好又起變化，捺下自己的情緒說道：「別生氣，注意你的血壓。回家再說吧。」

慎行後來一有機會就勸告父親：「不是我小器，人有親疏遠近。總該先找到我哥吧。不至於人家幾房一家家熱熱鬧鬧，我哥在哪裡都不知道。這要是媽媽還在，一定不答應。」

謹洲聞言默然，李氏族人不仗義，沒有親戚庇護留下的兒子以至祖母死後不知所蹤確是事實。民國三十八年，共產黨五月已經宣布解放上海，他們這邊苦撐數月，共軍也已打過長江，國軍形同撤守，城裡情況危急，縣政府早已不辦公，只有謹洲帶著幾個重要幕僚和武裝侍衛每天還去銷毀機密檔案。中央早些時通電地方死守卻斷了糧餉彈藥等於讓各地駐軍自生自滅，謹洲正和議長商議如何阻止散兵游勇進城滋事，卻接到省府密電曉得省長要宣布中立，省會已經易幟。謹洲戰後下過清鄉手令，自忖共產黨進城一定沒有好下場，就決心跟隨中央轉進。行前和太太到李村祖屋去拜別母親，兩個兒子正跟著祖母在鄉裡過暑。謹洲和太太講好只帶八歲的老大慎思同行，雖不知局勢什麼時候回穩，畢竟是逃難，慎行只是三歲奶娃怕成路上累贅，也留個小孫子給母親作伴。不想老太太偏心長孫，捨不得，大孫子在鄉下玩瘋了更不願跟父母回去，怕要開學。一老一少哭哭啼啼，不由分說。正鬧成一團，小的跑過來牽著媽媽，口齒清晰地道：「帶我去吧？我乖，我不哭！」兩兄弟一生的命運就此決定，再也回不了頭了。

「不哭！嗚嗚——不哭！嗚嗚喔喔——」謹洲企圖叫住匍匐在他腳前號啕大哭不能停的老人，可是自己也是一臉老淚，哽咽得上氣不接下氣，一壁哭一壁喃喃勸道：「嗚喔喔——孩子啊，我苦命的兒呀！亂世，亂世呀！過去的——嗚嗚——不提了，我們只朝前看——喔喔——只能朝前看啊！」

跪倒在謹洲腳前老人是當年選擇留下的慎思，六十歲的人哭得可比八歲時候父母要帶他走更慘：「喔喔——喔喔——我的爺娘呀！你們好狠的心呀！喔喔——不管我了呀！你們不管我呀！」慎思滿頭白髮，面容蒼老愁苦，與謹洲像兄弟多過父子。他已改名換姓，隨了妻家的姓，幾十年都只用潘李光這個名字，在鄰鄉容家灣當農民，再不與李家的族人或李村的鄉人有任何瓜葛。要不是共產黨戶籍工作實在做得好，地方台辦又受了書記的囑咐在謹洲頭次返鄉後仔細調查，容家灣的人一輩子不會曉得入贅潘家多年的李光竟是前縣長的大公子，父子二人今生也不會在謹洲二次返鄉時安排在賓館重逢。

慎思留在家鄉吃了很多苦；作為地主和國民黨走狗的兒子，他和祖母早早就被掃地出門，小學沒讀完就念不起書了，祖母帶著他流浪到「街上」要過飯。那時家族裡人人自危，謹洲的名號在本地又樹大招風，李氏這麼一個大家族，偏是他們祖孫倆到處無人援手。後來祖母進了安養院，慎思報大兩歲招進城裡築堤隊做了苦力。那時水面對岸正是勞改營，慎思岸邊做工望得見勞改犯人在湖水中圍湖造地，他做貧窮良民受苦的程度與受罰的罪犯只是五十步與百步；可憐縣長大少爺成了出力氣換兩餐的小民工；慎思先是天天哭，後來漸漸就習慣了日復一日的勞動，只有時想起會怨父母拋棄了他。二十五歲的時候祖母死了，他把祖母的骨灰背著走了一整天回到李村，挖個坑埋在祖父的墓旁。當天晚上借宿堂房親戚的柴房，半夜裡主人氣急敗壞的來報信，說村人黎明前要來抓他去公審。慎思匆匆趁月色逃走，頭都不敢回，只一面走一面恨，「你們欺負老子，老子的爺回來了要教他把你們通通都槍斃！」慎思還記得他以前是這個村子裡的王子，寒暑假回鄉大人們是多麼的寶愛他，孩子們對他又有多崇拜羨慕。他跑得急，不顧路上碎石劃破了赤腳。祖母做的最後一雙布鞋提在手上，不是捨不得穿，是怕鞋不跟腳慢了亡命的腳步；那已是文革的年頭，有些地方開始武鬥，馴鹿變成了餓狼，有鄉人殺紅了眼。階級鬥爭了十幾年李村已無真的地主可鬥，慎思想得出來噬血的宗親們要逮到他這個國民黨崽子的決心。月漸西沉，日將東昇，四周沒有房舍，只見暗沉沉的田埂和種了茶的小山丘，應該已經遠得聽不見李村裡的人聲，可是彷彿有狗吠傳來；天哪，該不是帶著狗追他來了？不敢冒險，慎思跳下大路，揀田間小水溝裡竄逃，腳下險被一倒下的界碑絆倒溝中。危急中他脫口罵了一聲娘，卻不知道他走了個把鐘頭這才走出了他自己家裡的田；是祖母特為買得遠些要留給長孫的私房良田。

「十二叔，這解放以前都是我們家的田。」謹洲一個年齡比自己小不多歲的老姪與他們父子同車，指著窗外不無得意地講起老李家昔日風光。眼角瞥見慎思一臉怒容，就微微傾身向前座堂弟改口道：「那都是十二叔在台上的時候買的。要是分了家，就都是你們家的田了。」

四十多歲的姪孫是專業駕駛員，肥水不落外人田，除了頭次還不認識，謹洲次次返鄉都包他的車。這姪孫是後來生的，從沒趕上家族有人「在台上」的鼎盛時期，只喫過有親戚「在台灣」的虧，不免插嘴道：「嗐！要是分了家我們家就不受牽連了。我的爹爹、我的爺為十二爹爹的關係吃了多少苦頭？我爹爹還好死得早，不然也跟我爺一樣給人鬥得——」

「停車！停車！」慎思忽然拽著門把用力敲打車窗，尖起聲音叫喚道：「讓我下車！我要下車！」司機受驚停了車。慎思蹬地一下踢開門，跑了。

剩下三人面面相覷數秒，終於謹洲打破僵局，盡量平靜著聲音道：「不管他！我們走我們的。別讓人家等久了。」城裡的五房、八房、老十三房都先一天回到鄉下祖籍做準備，二房、三房、六房本來就住附近，其他嫁了的姑奶奶們家也都一一通知到。上次李氏家族這樣大規模祭祖是民國時候，李家有人做了縣長。

「十二叔——」「十二爹爹——」老侄父子同聲叫道；都認為這樣的大事一個不能少，何況要丟在路上的是失而復得的前縣長公子。

謹洲暴喝一聲：「我說走！」司機沒想到老先生能以丹田之氣吼出那麼大一聲，結結實實地嚇了一跳，同時間腳就聽話的踏上了油門。謹洲儘管幾十年在台灣頂著甩不掉的匪諜嫌疑只能夾著尾巴做人，老縣長回到故鄉卻還是頗有威嚴的。

他的威嚴就是在兒子跟前沒有用。相認後謹洲又託人、又送情，活動了一年才恢復慎思文革前的城市戶口與單位；農民潘李光就此變成了城市退休工人李慎思。再又幫慎思頂了城裡一個三居室房子，自己來了就不再住賓館，只和兒子一起住。對外就說要把握餘生父子相親，實際上謹洲至此也已經幾乎竭盡所有，和在台灣的慎行也多次因返鄉開銷問題吵了架。慎思和父親劫後重逢，剛開始還算父慈子孝，日子長了，來了又住一個屋簷下，鬧矛盾的機會就越來越多。慎思最大的心結就是不能忘記李村人的忘恩負義，不但把他和祖母逼得走頭無路，後來還要抓他去公審。偏是他發了誓一生不回去的李村，謹洲次次要去祭祖請客，他發了誓要報仇的人，謹洲個個要去發紅包送錢。不滿的情緒在慎思心頭逐漸累積起來。

頭次回鄉，謹洲就發現家鄉的親友並不像台灣人一樣喜歡土產一類的伴手禮，只有金飾和紅包是受歡迎的禮物。送金子出手太大，謹洲改贈紅包。先只有五十元、一百元兩種紅包，後又加上十元、二十元兩種。老先生把一個個小紅封套用橡皮筋紮起一堆，每堆再夾張白紙黑字作記號，像辦家家酒一樣；誰誰什麼關係，誰誰該給多少，謹洲心裡一本明帳。慎行台灣長大，對家鄉人情疏離，常常抱怨既不是看紅包場又不是欠債該還，哪有見面就要送紅包的道理？慎行除了對自已哥哥還有幾分內疚之情，他多次質問老父在家鄉送錢的意義何在？言下不無指責父親充闊擺譜的意思。可嘆慎行一個三歲來台灣的小難民，哪裡記得父親在家鄉時台上的風光？慎行只知道在台灣父親被人誣陷，全家被匪諜嫌疑拖累，自己到處抬不起頭來的痛苦，他不懂謹洲久違半世紀重做地方大人物慷慨解囊的樂趣。可是謹洲看在次次返鄉都還要慎行出錢出力的分上，只啐他「你懂個屁！」便勉強不與計較了。

可是家鄉兒子慎思也對父親的作為有意見：「人家是潘家的親戚，對我有恩。大老遠來看我，你怎麼可以只給二十？」客人才送出門，兒子就皺起眉頭問老子。

謹洲立刻感到是可忍孰不可忍；他狠狠地瞪了慎思一眼，並沒想到面前這個又乾又瘦的小老頭是小孩向父親撒嬌。謹洲只覺火上心頭生氣這個不肖子吃老子的、穿老子的居然還敢質問老子？其實六十歲的老兒子面對劫後重逢後的父親發生了返祖現象，行為言語有時表現得像是與父母分手時候被祖母寵壞了的八歲小霸王。可是溺愛長孫的祖母不在人世久矣，慎思早就失了靠山。

「李家的來起碼都是一百。」慎思的太太在旁給謹洲的火裡倒點油。這兩年謹洲父子連繫上後，她的娘家加入受惠行列。既已入列算了親戚，不免比較待遇。

「爺爺就對潘家的人不好。前天來的給幾千，還不是李家裡的哩。爺爺就是喜歡人家講假話奉承他——」孫子怪腔怪調的加入家庭清算大會。本地土話祖父該叫「爹爹」，孫子姓潘，一直叫自己外公「爹爹」，這個後來新認的就跟著台灣堂妹一樣叫爺爺，可是不比台灣孫女國語課本裡學來的爺爺叫得自然，家鄉孫子土話裡夾個北京話的「爺爺」，聽著教謹洲彆扭。孫子也有孫子的難，認祖父時孫子已過了二十歲，轉城市戶口不種田了是好事，可是不拿本錢給他做生意就是不相信他，要他這麼大歲數了還去「學門手藝」，更證明不是個好爺爺；還又對他特別小器，沒有替他一家三口另頂一套房。事實上他還知道一個祕密；容家灣的好朋友告訴他說這個台灣爺爺以前是土豪劣紳，老一輩還記得他爺爺帶著國民黨在鄉裡如何奸淫擄掠。「你爸爸瞞了所有的人。你爹爹要是知道你爸爸是他的種，不會讓你爸爸進潘家的門。」講話的和孫子從光屁股玩到大，同是文革以後才出生的，別說不知道國民黨長什麼樣，土豪劣紳也只在戲文裡見過。信口開河是因為染了紅眼症，看不得並肩下田的髮小迸出個台灣爺爺和城裡戶口。可是孫子卻畢竟相信了朋友的話，對爺爺竟一直有成見。

謹洲覺得自己被他贍養的這一家當成了階級敵人圍勦，再不能忍。站起來一個箭步上前就啪一聲甩了沒有大小的孫子重重一記巴掌：「我教你多嘴！」前天來的是他一個侍衛遺屬。說是某某臨到槍斃也沒有透露長官的逃走路線，遺言是「告訴縣長我對得起他！」謹洲氣不過他的土包子孫既不懂孝，又懂什麼叫作忠？

孫子本來坐著，冷不防給八十歲老先生一掌打得側倒椅上，本能地要掙扎起立還手。農村來的母親殺豬一樣的嚎叫起來，搶身擋在兒子前面尖叫：「你打我兒子！你打死我──你打我兒子！」謹洲順手也就搧了那個會養不會教的婆娘一記。做媽的往後一閃，娘倆後腦碰前額正好臨空叩了個響頭，失了重心的娘把要起身抗暴的兒子壓了回去，母子一起跌倒在謹洲買的沙發椅上。謹洲這一掌產生骨牌效應，一拍兩響，倒在椅上的兩個氣勢整個垮了。做娘的用一種本地農村特有的七字押韻哭腔唱起來：「是我潘家門不幸啊──是我潘家給人欺啊──」兒子見到母親為維護他給打了，抱著娘也哭起來；男聲另起一部，只唱：「打我的親娘啊呀喂──」母子相擁又唱又泣很有幾分像戲裡被土豪劣紳欺負的善良農民了。

鬧成這個樣！謹洲一跺腳，氣不忿地說，「我在這裡還能住嗎？」進自己房裡拿了有護照、紅包、高血壓藥的隨身小背包就往外走。這時門前已經有聞聲而來看熱鬧的鄰居。有識相的一面伸手攔他，一面對著屋裡說：「快求求你們老太爺不要走——」謹洲身子一側閃過阻攔，鼻子裡冷哼一聲彷彿不領情，心裡卻想城裡人雖是市井小民也到底懂得些尊卑長幼。

謹洲挺著腰桿筆直走出小區，幾個鄰居跟著勸著，可是那一家子沒有追上來認錯。謹洲招來了出租車，大聲告訴司機去哪，圍觀的都聽見了。可那一家子也沒追出來挽留。謹洲在招待所安頓下來，進了房間，洗臉吃藥，甚至在床上躺了會，那一家子還是沒追來求饒。

房門「砰！」地一下開了，從不先敲門的細妹仔服務員推進一個箱子，說：「剛送來的。」

謹洲看著行李箱，是他自己的沒錯。謹洲心裡忽然一下空了，口中卻有點明知故問地問道：「送的人呢？」

「走了！」細妹仔說。

謹洲揮揮手打發了她，自己怔怔地看著被遺留在房中央的黑色行李箱。天色漸漸暗了下來，是該開燈的時候了，可是老人不言不動地坐在暗影中，只是呆望著；是特為返鄉買的最大號箱子，明知家鄉的人都更喜歡紅包，還是不嫌重的每次拉著滿滿一箱子來；要省下每一個台幣換美金帶來家鄉，在台灣的兒子家裡只要看到沒開封的衣物食品就不問自取的收進箱子留待下次返鄉，這次理行李還有個空隙，就連幾個衛生紙捲都裝了來，眼看孫女臨時要得急在兩個廁所儲物櫃亂翻，他也沒作聲。箱子把手上胡亂纏著五彩碎布條方便認記，是自己瞇著老花眼纏的，老妻沒能等到開放探親就走了，兒孫靠不住，十年了什麼不是自己打點？七十七到八十，三年跑五趟還要在香港轉飛機，第一個箱子陣亡了，這是第二個。兩岸不直航，短途長跑繞著走的旅行真是折磨老人，他是底子好，經得起折騰，要像同鄉難友楊敬遠一樣弱，才跑一趟，還沒到家就死去了。就算身體還行，謹洲自己也知道是真老了，尤其前年小中風以後，血壓就只能靠吃藥保持穩定。醫生不也要他盡量心平氣和，少生氣？

「不生氣！我就不生氣！」謹洲對自己說。旋又長長悲嘆道：「唁！造了孽唷——出這麼個畜牲！」

能勉強自己不生氣，卻禁不住自己不傷心。謹洲鼓氣勉勵自己，對著箱子大聲說：「我李謹洲沒有你這個兒子！」可是眼淚倏忽而至，卻不是他管得住的了。如果兒子母親還在，可能還有轉圜的餘地。現在他的苦向誰去訴？

謹洲不能打電話告訴台灣的慎行，說自己被家鄉的慎思趕出來了。這次返鄉前他和慎行大吵一架，話趕話父子形同決裂，連不回台灣的話都說了出來。這都為謹洲不聽慎行勸阻，要賣了名下僅有的財產，慎行叫「媽媽的房子」的小小國宅。謹洲背著匪諜嫌疑在台灣倒了半世窮楣，從來沒有過長期工作；他做過投機，開過小店，當過文員，拉過保險，反正是處處不得意。幸好李太太代課多年後轉正，保有一份穩定的教職，雖然收入微薄禁不起謹洲折騰，卻也拉拔慎行到大學畢業。某年李太太登記國宅抽籤，居然抽中，那天她又哭又笑，直說是到台灣後最走運的一天。謹洲要她轉手賺幾個轉讓費，李太太不肯，慎行也不肯，母子倆說不要謹洲負擔一毛錢，哭求謹洲就當不知道行不行？謹洲就氣得再沒理會過太太這個公開的私房產業，李太太以租養貸小心經營，自己一家還賴住在老舊的教員宿舍，直到李太太去世後學校收回宿舍，這個謹洲素來不聞問的小公寓竟成了他的最後庇護所。小中風後慎行認為父親再不宜獨居，謹洲也因家鄉花費大，省一個是一個，在台灣就搬與兒子同住，把小公寓空出來出租，再拿租金貼補旅費。沒想到這樣撙節，還是因為返鄉太勤，親友又多，最後找到失散的慎思還要安頓兒帶孫兩家子人，就這樣鬧了虧空，只好把腦筋動到老妻遺產上去。不想，賣「媽媽的房子」這一樁卻觸動了謹洲和慎行父子之間最敏感的那根神經。

「媽媽的房子不能賣，」慎行態度非常堅決。父子為這件事僵持不下已久，兒子的話也越說越難聽：「隨便你回去怎麼擺闊我管不著，就是不能賣媽媽的房子。」他對老父積壓了三、四年的怨氣——不，是三、四十年的怨氣，已經要爆炸了。

從他記事以來，父親就是他和母親的麻煩和負擔。最早的記憶是不停的轉學、搬家和半夜飲泣的母親。沒人特為告訴過他什麼，可是小孩知道自己和母親的流離困頓都是為了「出差」未歸的父親。那個大家不提的父親是慎行童年生活裡一個不體面，甚至有威脅性的陰影。後來陰影具象化成了「爸爸」，喫了冤獄的失意政客顯然並不慈愛，慎行也就只深信這個爸爸帶回來的匪諜嫌疑對他的一生，尤其前途，造成了負面影響，甚而以至他在拚命考進的公家機構裡一待三十年，卻與許多升遷的機會擦身而過。這樣一個不負責任，還總把家中一點積蓄拿去冒險浪費，連固定工作都沒做過的爸爸，慎行除了與母親嘀咕幾句之外，自認成年以後也是盡了人子之責的。

慎行對父親的尊敬隨著自己年齡的增長與父親事業失敗次數的累積而遞減。可是媽媽在的時候，還有人擋在父子中間折衝。現在媽媽不在了，謹洲也垂垂老矣，慎行覺得父親也該折騰夠了，不想他還要返鄉做大爺！這時慎行眼裡看見的謹洲就是一個永遠不會替自己和家人打算的，徹徹底底的老糊塗。

「媽媽的房子！我問你什麼叫做媽媽的房子？」謹洲聽兒子口口聲聲「媽媽的房子」已不順耳，再聽說他返鄉「擺闊」更是怒不可遏，把大嗓門提到最高吼道：「不識抬舉的東西！老子賣自己的房子不要你批准！跟你講不是怕了你，是看得起你。我賣了房子回去過，不會賴在台灣要你養！共產黨把老子趕到台灣來——」

「你不用看得起我！你是我爸爸我不能怎樣——」慎行吼回去。謹洲當年出獄回家後常打小孩，慎行即便已四十大幾奔五十了也還記得厲害；他一面人往外退，一面不停回嘴：「你反正幫你大兒子買了房子，你要到哪裡過也不需要我批准！」

謹洲果然跳了起來。口中罵道：「你這個畜牲——」回應他的卻是「砰！」一聲。慎行把門摔了，跑了。

招待所房門「砰！」地一下開了，是這裡從不先敲門的細妹仔服務員，來換晚上的那支熱水瓶。年輕女孩如入無人之境一般，撞門入室開燈換水瓶，一陣風颳過似的又砰門而去。

謹洲的哀傷給打了岔，側頭追著門罵了聲「不懂事的娘賣×」。那粗俗的鄉罵卻忽然振奮了老人的精神，「去他的！老子就當沒生過這兩個畜牲！」謹洲說著一巴掌抹去自己一臉鼻涕眼淚，像個無賴一樣的甩在地毯上。「不懂事的哈×巴！」他又罵了一聲，不是罵已遠去的服務員，是罵來給自己爽的。這次他發現罵粗話似乎能消心頭積鬱，這個混帳世道欺他太盛，兩個兒子不孝不順，罵了高興罵吧！於是八十歲老政客坐定招待所房間裡，丟下仕紳的矜持，像個痞子罵街一樣大聲叫罵著他記得的本地方言粗話。十來分鐘後，謹洲漸覺詞窮，卻也感到鬱氣幾乎散盡，就走進浴室放水洗臉，對著鏡中的自己罵出最後一句：「豬孬的！」洗好臉後他已有了主意：「不理你們！我當沒生過兩個畜牲，老子自立門戶，討個婆婆過日子不知道多痛快！」

可是八十歲在風氣未開的本城找對象竟不容易。真是老的老來，小的小；小過自己兒子的謹洲嫌歲數差距大了，年紀夠大的又看來都七老八十，恐怕還要他中過風的老先生來伺候。

「長得像個阿烏唧還拿翹！」謹洲腹誹今天放他老先生鴿子的退休教師。謹洲自認條件不苟，只要求對方知書達禮，身體健康。可是十來天了，難道如今兩、三百萬人口的縣城就沒有他李謹洲的良配？難道他還要回過頭去看那兩個不肖畜牲的臉色？

「叩！叩！」有人輕敲房門。

謹洲一面稀罕服務員終於學會先敲門，一面揚聲道：「進來！」

見到謹洲的第一面完全符合小紅心中台灣老頭的形象；幾根稀疏白髮梳得一絲不紊，三件頭深灰色條紋西裝襯著淺藍色襯衫，繫一條紅黃藍灰方塊圖案的鮮豔領帶，比本城小青年都時髦體面，最讓小紅折服的是老先生一個人在自己套房裡不但衣冠楚楚還足登皮鞋。

「那人家就是跟我們不一樣，」小紅是天才業務員，她完全針對銷售對象心理推銷，「當過首長那就是有派頭——」小紅又學謹洲喊「進來！」女兒聽了幾次還笑。「真把我和陳嫂嚇得——」小紅誇張地拍著胸口。董婆和兒子想到她和陳嫂的糗相也笑了。

「——完全看不出來八十歲，背不駝，腰不躬，比隔壁老爹看了只怕後生些。」小紅充分發揮媒人一張嘴的特性，抓了個六十來歲的鄰居做比對資料。說了半天，她只在講述自己今天看到從前國民黨縣長的一宗奇遇，飯桌上的其他三個人並沒想得太多。

到送董婆回去，等夫婦都洗腳上了床，枕頭上小紅才對自己丈夫吐露心聲：「陳嫂說可以把你媽媽介紹給今天這個台灣老頭。」陳嫂自然是個托詞。

有慶全身一僵，覺得受到了侮辱，對小紅他是敬畏的，陳嫂就不必了：「這婆娘說的是人話嗎？我姆媽幾十歲的人了，讓她這樣蹧蹋。」

小紅背過身子，彷彿傷心起來。有慶急了，雖然董婆沒有正經八百地和兒子討論過自己的出身，可是他們這個階層的勞動人民之間是沒有祕密的。鄰居吵架，小朋友拌嘴，親友聊天，總有個別刻薄的專會揭人瘡疤。小紅家裡是從鄰省逃荒過來的，本地人排外，小紅雖在本城出生，窮無立錐的外省難民後代並不高過在地的下九流後代，更何況當時有慶出息，繼承了第二任繼父的工作在肉聯廠殺豬。中國計畫經濟的時代，殺豬是個肥差，小紅要不是長得好怕還攀不上。那時人人巴結手握屠刀砍肉有風的有慶，沒人像後來那樣說三道四：一會說董婆做過婊子，一會說她練過房中術能殺人不用刀。更有人喜歡掐著指頭算董婆到底嫁過幾道，又第幾個丈夫讓有慶進了肉廠，又第幾個丈夫留下了住房。有慶知道那都是別人眼紅他們家日子過得比人好。

「我捶死她！」有慶用力在床板上一擊，他確定是陳嫂藉機損人，恨恨地道：「明天你看我教這個婆娘怎麼死！」小紅翻過身，亮晶晶的眼睛望著有慶說：「我們自己抬不起頭，不能讓秀妹仔抬不起頭。」

「誰敢教我閨女抬不起頭我捶死她！」有慶只會在自己家裡講講狠話，他其實是個老實人。最早隨母姓董，後來改過兩次，隨屠夫繼父改姓林的時候都十七歲了，知道攸關自己的工作，他心裡不高興也沒吭聲。他一直不知道自己的親生父親是誰，董婆不提，他也沒問過，家裡來了男人，董婆一律讓他叫「爺」，他開竅晚，小時候沒為自己比人的爺多傷心。後來大點懂得怕醜了，也只變得在外沉默寡言不喜跟人說話。他心裡始終明白媽媽一嫁再嫁也讓他母子在那個動亂貧窮的年頭少挨餓受欺。

「你能捶死誰呀！」小紅清楚有慶的能耐，對自己和丈夫之間完全不同檔次的對話漸感不耐，「跟你直說吧，我覺得這是一個好主意。」小紅無畏地看著有慶瞪成銅鈴一樣的眼睛，繼續說她的道理：「這個台灣老頭和你媽以前的老頭不一樣，人家不是我們桃花井的，人家是街上有身分的人。」

「我呸！」有慶啐一大口，「他一個國民黨——」他記得以前國民黨的崽子還不如他一個「破鞋」的油瓶。

「國民黨怎樣？當過首長就是當過首長！」小紅有理不讓地搶白道，「你告訴我你一輩子看過幾個首長？——電視裡不算——現在誰管你什麼黨？還打國民黨讓台灣來那麼多人？」見有慶囁囁囁囁氣燄轉弱，小紅改變策略，許以願景：「你有沒有想過秀妹仔以後搞對象的時候可以告訴人家她爹爹是解放前的縣長？」小紅捕捉到有慶眼光微妙的變化，放柔了聲音續道：「你媽也可憐，嫁的哪個不打她？死鬼老頭病得打不得吧，還有女兒上門打她。」

「我捶不死那兩個臭婆娘——」有慶橫豎只會那一套。

「算了算了。」小紅翻過身去，背對有慶說：「你媽如果能找個從台灣來的闊佬，還是個有身分的，那兩個臭婆娘明天趕著你叫哥哥呢！」她緊緊被子表示談話結束，要睡了。

有慶呆了數秒，喃喃地罵了句：「哪個要她叫！」就也睡了。

可小紅閉起眼卻睡不著，想著自己今天冒然找上門的大膽行為有點得意，也有點後怕。其實也不是冒然，小紅跑去找謹洲之前已經想了一個多星期，跟招待所的服務員小吳也扯過談，套了一點確切消息，除了姓名、樓層、房號，更落實了謹洲找堂客的誠意。小紅不是沒想過找個中間人傳話，可是怪了，大家都在一個城裡還就牽不起這條線。小紅這天經過招待所，心想就去看看一個真的台灣人長什麼樣也不是個了不起的事，再不去，老頭住了這麼久也許回去了。

「進來！」謹洲又叫。一面納悶這裡的細妹仔要麼不敲門，要麼敲了門叫進來又不進來，一面自己過去開門。

只見門口一個頭乾臉淨的婦人，一臉通紅地望著他。謹洲在賓館住時碰到過亂敲門的野雞，沒想到不正的風氣吹到國企來了，不免皺起眉頭搖手道：「這不是你來的地方，你到別處去。」就要關門。

「您老是李家謹爹——做過縣長台灣來的李謹爹？」小紅本不確定和台灣老頭之間有沒有語言障礙，如果真碰上了要攀談，自己的普通話靈不靈光。不想對方一口地道的街上話，立刻讓她緊繃的神經放鬆不少。

謹洲口中答應，「是呀，你哪位？」一面重新打量來人：太年輕了，不是他的子民，可是知道他是縣長，就心中沉吟這又是哪個舊部遺屬，一面招呼：「進來坐吧。」

小紅見台灣老頭態度親切，還又聲氣相通，編輯了一個星期的開場白就脫口而出：「我叫王小紅。就在這個廠裡的。」小紅走進房間，不敢就坐，站著續道：「我們班上一個丁嫂外婆是李村人。」

「哦，李村鄉裡的。坐，坐。」謹洲有點摸不著頭腦，請小紅坐下再問：「請問你外婆是哪位？」

「我外婆——」小紅說著知道誤會，臉一紅笑了，「不是我外婆，是丁嫂的外婆是李村人。」小紅連丁嫂娘家的姓都不知道，自然更不知道丁嫂在李村的外婆是何許人，更不知道死了的老太婆是不是台灣老頭的熟人，小紅只知道這個疏遠的關係禁不起盤查，就趕緊回到自己打好的講稿，不讓謹洲再有機會提問：「丁嫂外婆上個月走了，她回李村送外婆上山，就聽李村的人講起謹爹的事。」

謹洲聽不懂這是哪和哪，可是敘述中既有宗親提到自己，就微微頷首說：「哦？」並用眼神鼓勵小紅往下說。

底牌總是要掀的，可是事前想好的話，等見到了西裝革履，自己一個人在房裡也打扮得像要出客的八十歲老頭兒，小紅不知怎麼竟替婆婆害起羞來，只見她低頭搓手，又輕皺眉頭，又嘴角含笑，終於低聲道：「丁嫂說李村人說謹爹想在家鄉找個人伺候——」

這下真的是誤會大了。謹洲完全沒興趣追究誰是丁嫂的外婆了，他瞪起眼睛細看面前被服廠女工；氣質一般般，人才卻確實有幾分人才，完全可以接受，可是太年輕了，恐怕跟孫媳婦差不多歲，他李某人可不是台灣話叫的什麼「老不修」、「老豬哥」，可是她敲門自薦，有手段！有氣魄！嗯，可能也有緣！

「你說你叫什麼名字？」謹洲放柔了聲音問。

有幾分姿色的女人對異性好感的敏銳度總是比較高，哪怕對方八十歲。小紅趕快亮最後那張牌避免加深誤導：「是我媽，她叫董金花。今年六十三歲，屬蛇的。」小紅怕人嫌歲數大了，又補一句：「六十三歲可是身體很好，會伺候人。一個人住六樓一口氣爬上爬下。」

謹洲頓時感到輕鬆起來，微笑道：「好，好，是個孝女。」由女鑑母，謹洲已經滿意三成。小紅又主動提出身體健康，會伺候人等優點更讓謹洲覺得正中下懷，更妙是聽言下之意這個孝女之母竟獨居有房；還沒見面，光憑小紅媒人一張嘴，謹洲不及考慮自己原先還有「知書達禮」這個條件，已給董婆六十分，派司。

一時主人與不速之客有講有笑，等到謹洲搞清楚小紅是孝媳不是孝女，小紅面對謹洲也不是半小時前來路不明的陌生人了；談話之間始終沒弄明白是誰的丁嫂和她死了的李村外婆也功成身退，不再被提起。

「謹爹，」小紅滿面堆笑，「我們跟您老人家有緣，這麼大的事就自己闖了來，你也不見怪。」

「欸，見面就是有緣，怎麼會見怪？你們夫婦能想到母親寂寞，願意母親找個老伴安度晚年，是難得的孝子賢媳。」謹洲讚嘆不已，又加註道：「時代不同了，老年人也有權利追求自己的幸福。子女的支持和善體親心是很重要的。」

小紅至此完全為老縣長的談吐風度折服，她還是第一次聽到土腔講「幸福」這種有時尚感的詞句，從來也只在瓊瑤劇裡聽見講過。小紅為有這樣一個體面公公的可能未來感到幸福，竟也文謅謅地說：「要是我媽媽也跟謹爹有緣，我們做小輩的就太幸福了。」

這頂高帽子戴得舒服，謹洲樂呵呵地笑了。心頭多日陰鬱雖不至一掃而空，與這麼一個未語先笑的小女子聊天確實能解憂。

小紅也微笑，談得愉快可沒鬆懈目標，補強道：「謹爹，像我跟您老人家先前講的，我來找你，我媽媽是不知道的。這裡有些的人嘴壞，看不得人好。我們要照事先商量好的來。」

謹洲頭點如搗蒜，完全同意，事跡一定要密。別看老先生貌似坐困招待所，卻始終有耳報神來遞消息；起碼他知道自己李氏一族已為八十老族長續弦這件事炸了鍋，分成好幾派：有恨他為老不尊拖累宗親顏面無光的，有等看笑話覺得他是虛晃一槍給不肖子孫顏色看的，也有真正大力奔走作媒希望他長住故鄉的。他更知道即便慎行有台灣公務員身分不能返鄉，和慎思兩兄弟卻已經隔海結盟，而且發話不信他八十歲老人胡鬧得出什麼名堂。謹洲地方政壇上打過滾的老將豈能不知兩個畜牲放話的險惡用心，他們是嚇阻援兵教他成為孤軍。謹洲心想如果他竟能無聲無息地獨立做成此事，他族中這些後輩——包括那兩個不孝順的畜牲——就通通靠邊站去！

「你放心，我知道家鄉風氣保守，事關你婆婆的名節，我會照你我說好的做。」謹洲保證。談不成他更不想人家知道；兩個畜牲領著一班不肖的族中後輩正等著戳他的脊梁骨呢。

小紅沒上過銷售課程也沒聽過Cold Call這個詞，可是她無師自通的頭次上門自我介紹完全達陣。臨別她再度感謝謹洲願意配合項目進行：「謝謝您老人家，我回去準備準備，我們就照商量好的來。」想想又補一句：「希望您老人家不會嫌棄我們是桃花井的。我們沒讀過什麼書，我做小輩的不是替婆婆不要臉，我只是，只是，希望老人幸福。」

謹洲至此也為有這樣一個賢孝媳婦的可能未來感到幸福了。搖頭嘆息道：「小紅你真是難得的奇女子。聖人說，愛親者不敢惡於人，敬親者不敢慢於人，書讀少了有什麼要緊？不讀聖賢書，也能做聖賢事才了不起，你孝順婆婆，竟然能聽於無聲，我在台灣大學畢了業的兒子媳婦是我講破了嘴都聽不懂的。唉，桃花井以前住的都是苦命人呀，可是仗義多為屠狗輩，負心盡是讀書人，我到台灣也落了難呀，出賣我的也是讀過書的人。再講桃花井也是今非昔比了。我做縣長的時候已經禁煙禁賭禁娼，共產黨這一方面一向是做得不錯的……」謹洲可能心情太好，竟然稱讚起他的敵人來了。小紅聽得半懂半不懂的，站著又等了十來分鐘才找到個謹洲講得口乾找水喝的空隙告辭成功。

可能期望太高，謹洲初見董婆毋寧是失望的。整個一乾癟癟小老太婆，一臉褶子不怕比他八十歲老頭還多。風度也不好，可能褲子穿大了一號怎麼的，老太婆只要站定了就提褲襠，那個小動作真難看像。這件事最後沒有黃掉全賴事前計畫周到，加上小紅的執行力強才翻盤。

因為一城都是耳目，小紅、謹洲都不想安排上館子會面。去哪兒見呢？小紅和謹洲議定走一步直搗黃龍的險棋，就直接闖到小紅市場邊上的家裡去。地方好找，出租車都知道，謹洲更私忖登堂入室正好踩踩線，確定不是詐騙。謹洲下車後，如果附近有人注意，就假裝問路要去別處，小紅會算好時間和迷路的客人門前巧遇，順道邀進門，就算鄰居看見也不怕沒有說法。那天一切順利，謹洲到訪竟也沒有驚動外人。貴人迷路巧遇，小紅熱情留客，有慶這下不但見到前首長，還有幸同桌吃飯，也就婦唱夫隨，傾情款待。董婆對異性一般有專業敏感，尤其媳婦前天才見過，今天就在家門口迷路未免太巧，可是大家都年事已高再加上彼此身分懸殊，董婆不敢亂想，只在廚房裡忙著準備旁邊市場裡臨時買回來的菜。

一頓家常晚飯吃得謹洲差點當場求婚。他老先生已在旅館裡熬了兩星期，間中雖有子姪請去吃飯，可是更多的是三頓在飯館食堂裡打發，正是久違了家庭溫暖。他李某人少年得志，三十出頭就當了一縣之長，不是沒有見過世面的人，可是此刻一間收拾得乾乾淨淨的陋室之中，有慶倒酒，小紅挾菜，秀妹仔講笑話，一頓飯讓微醺的謹洲看到一幅孝子賢媳乖孫環繞的家庭行樂圖。哦，差點忘了，還有一個上菜的董婆。嗯，老太婆反正都長得那個樣，謹洲想，自己也不是五十幾年前的青年縣長了，人家看他不也是個糟老頭？

「男人老了都是一個樣。」一聽媳婦問她對台灣老頭的印象，董婆就明白今天是給人相了去了。不比本城良家婦女這時可能有的激烈反應，她倒沒有強烈感覺受辱，只是有點不忿沒有事先告訴，就不陰不陽地問道：「有慶也知道今天有客來呀？」

小紅聽出董婆聲音裡的抱怨，巧笑道：「沒有，我一個人的事。他死腦筋。不知道你一個人日子難過。」說著小紅推開正打算洗碗的董婆，「今天你炒了菜，我洗碗。等下幾個菜你都包回去。天天跑，你那裡六樓難上上下下。」

董婆有點感動，沒有立即走開，留下幫小紅收拾。一會還搭訕道：「老頭那還看不出八十歲。」

小紅知道有意了，趕快附和道：「台灣水好，人養得後生些。」又問：「你年輕的時候他當縣長你看過他沒有？」

董婆老臉一紅，說：「說得稀奇，我哪裡就看過縣長？」大人物叫堂會，輪不到她。公家的她認識一個警察，一個收稅的，兩個都是混帳，欺負人，從不給錢。

小紅瞄去一眼，知道她想岔了，就調侃婆婆道：「你說人的命怪也怪，以前看不到的，現在跟著一桌吃飯像一家人一樣。」

「是沒有什麼架子——」董婆想著微笑了，「人也和氣，就是講話文謅謅，有時候不知道他在說什麼。」

「人家書讀高了嘛。」小紅也笑，「又都說台灣人有禮貌，還有錢，就是好色，八十了還要討婆婆。」

董婆不接腔了，可也沒有罵人或者拂袖而去。她沉默下來拿幾個鐵盒打剩菜準備帶回去。

「拿這麼些你不好爬樓，等下有慶送送你，幫你拿過去。」小紅嘆氣道：「六樓也是難爬。說是南湖那邊蓋了僑匯房，洋樓帶大花園起得可漂亮了，專門賣給台灣人和香港人。」

董婆不屑地說：「南湖那麼遠，鬼去住。」

「街上也有商品房啊，還坐電梯的，就在百貨城後面。」小紅用肩膀輕撞董婆一下，用親暱的聲音開玩笑道：「以後你街上有了好房子接不接我們去玩哪？」

董婆做出嫌棄的表情躲開，假裝生氣道：「你想房子想瘋了。」正好秀妹仔走過來找媽媽。小紅揚聲道：「秀妹仔快來，你哀家說她的好房子都不接你去玩。」

「爬那麼高有什麼好？」秀妹仔根本不知道前言，反正她看不上祖母現在這個地方。她揚揚手上紅包對小紅道：「剛剛那個台灣爹爹給了我一百，爸爸說太多了叫我繳庫。給！」

小紅接過紅包，捏在手上想了一下，轉身塞入董婆衣兜，一面說：「是給你的。」董婆要讓，在兜裡碰到小紅的手，兩人各握紅包一角僵持了幾秒。這一百是小紅月薪的一半，今天請客還花了本錢，董婆攔得嚴實，她現在還抽得回來。可是小紅真不一般，她一用勁，紅包到了董婆手裡，小紅抽回一隻空手。

董婆捏著兜裡的紅包，一百抵她一個月的收入，公房下個月起要一家收兩元電費她還正在為多那出來的開銷發愁。她沒想要這紅包，起碼不能從小紅手裡拿，可是一百元既已落袋，她的手拔不出來了。

秀妹仔見狀忙說：「爸爸說用十塊錢換我的一百。」

小紅俏皮地歪下頭，似有深意地打量董婆一眼，轉過頭來對女兒說：「你的一百還是給你。等下找我拿。」就這樣，默契代替了打手印，小紅成了董婆的經紀人。

小紅怕夜長夢多，謹洲住在一百一晚的旅舍裡等成家更不想拖延。相親既成，一老一少很快進入正式協商。他們這件事是本地土話說的「貨賣一家」，就是單一買主和賣主的商業食物鏈。經紀想要牟利只能想方設法促成，因為沒有機會「貨賣二家」。談判到最後小紅這邊保留三大堅持：兩萬人民幣聘金，婚姻要正式登記，女方這邊要一個婚房。

謹洲拿得出聘金，也願意明媒正娶，可是有三大原則絕不讓步：一條有關謹洲身後，董婆以及她的所有關係人，無論姓董、姓林、姓王，或他姓，謹洲百年後再和李氏家族無關，不得自稱李某遺孀，攀附李氏宗親；一條有關董婆身後，董金花雖登記續弦不是姨太太，可是將來不能入祭李氏祠堂或載入李氏家譜，也不得入葬李氏墳山。最後一條簡單，不宴客，不收禮。

謹洲的那幾條對小紅而言完全不切實際，也不知道李氏在本地是多大一個家族可以收禮，想都不用想就同意了。事態發展至此，送女方一套怎樣的婚房成為這件好事可能的最後障礙。

可是至讓謹洲欣慰的是小紅了解謹洲的財力限制後並沒有打退堂鼓，只像一個優秀的企畫經理一樣，迅速地調整執行細節，務必讓項目如期進行到繳出成果。小紅當機立斷，即刻修正原先計畫；她先排除偏遠昂貴的南湖花園別墅，再放棄虛有其表的街上商品樓房。

「謹爹，我看您老頂個公房是最合算的，」小紅的辦事才幹已經完全取得了謹洲的信任，是他教她放手去做，「我一家家問過了，我媽媽那裡有鄰居願意讓。就是她樓下二樓那一家，有三個臥房，比我媽媽那裡大幾倍。原來是他們廠裡領導的房。小孩要接他們去美國，不回來了。這麼大的房，一般人頂不起。」縣城裡的公房只能頂給同一個單位的職工，公家又擁有最終產權，受限多，市場小。小紅看著老人臉色，小心地報個價：「說是要能馬上要的話，六萬塊，一口價。」

謹洲年前才幫恢復了退休職工身分的慎思頂了單位一個三房，也在二樓，地段還好過惡名昭彰的桃花井，都只花了一萬，後來還有親戚來報說是實開六千，也就是說兒子一家還落了四千的虛頭。哪怕中國改革開放以來萬物上漲，就算加乘兩年的通膨指數，小紅這個報價的水分也太高了點。

「哦，二樓好，不受潮，也不爬高。我去年幫兒子頂的房也在二樓。」謹洲輕描淡寫地讓小紅知道他老先生並非不知行情的大呆胞。

小紅附和道：「是呀，只有二樓最好，不然怎麼領導要住呢？」

謹洲道：「領導怕不是我們街上的吧？桃花井又不一樣些，桃花井淹水的地方，以前發水淹掉一、兩層樓很平常。要住桃花井，三樓好。」

謹洲短短一句話，幾次提到桃花井，又直擊地勢低窪的先天缺憾，小紅這才覺得台灣老頭有點苗頭，不像她家裡那幾個隨便她搓圓捏方。小紅辯解道：「現在沿湖築了大堤，很少淹水了。」

謹洲不動聲色，只向小紅微笑著，像一隻老狐狸坐在雞籠前望著也來偷雞的小狐狸，老狐狸沒牙去撬開籠子了，可是不留下點什麼，小狐狸知道他是偷不著雞的。小紅不想浪費時間，痛快的亮牌道：「人家要去美國幫女兒帶小孩，十年八年不回來，可是這裡也有些東西要地方放。謹爹，您老人家既然願意跟我媽媽做正頭夫妻，我媽媽一個房也願意搭進去。如果六萬拿不出來，人家願意跟我媽媽換六樓的小房抵幾個錢。」死鬼老頭前房女兒消停些時最近又來鬧了，頂掉那小破房是小紅想出來的釜底抽薪之計。

這個換房的建議聽在謹洲耳裡就不只是錢了，還有誠意，甚至可能有夫妻情義了。小紅並不懂謹洲已把實際問題升高到形而上的人生哲學層次，她只覺得老人目光變柔和了些，心中有數了，就繼續說：「我媽媽的房小，又在六樓，頂不了幾文，」下面要講的這個數目學問大了，五千到三萬之間，哪個是台灣老頭心裡的價位呢？小紅眉毛一揚，道：「一萬，人家有誠意，出一萬。」

「那就還要補他五萬——」謹洲搭下眉眼沉吟，心中快速換算五萬人民幣等於多少台幣。

小紅畢竟只是沒見過什麼大場面的小狐狸，花頭報高了心有點虛，也不習慣以萬為單位談價錢，就又退一步：「談好了，二樓那家隨時可以跟我們調地方，反正他們要六樓房子只擺東西。謹爹要這裡先退房搬過去都行。幾件大家具他們搬不走，我們添得有限，一來一回可以結餘好幾千。」

謹洲抬起眉眼，微笑道：「這麼方便？約也不簽，訂金也不要就讓我搬進去？」

小紅答道：「那兩萬的簽約金還是要的。」說了看見老頭眼中笑意，知道漏了底牌，有點不高興，賭氣道：「謹爹，那要不要你說句話，人家等回信。」

謹洲想想，說：「還個價吧，我這裡現有一萬，你媽的房子作價一萬，湊成兩萬簽約金。簽約以後就讓你媽先搬進去。我呢，回台灣處理點事情再來。」謹洲擺擺手制止想插嘴的小紅，續道：「我知道還有，我還沒講完，等我講完。」謹洲喝口他台灣茶袋泡的茶，好整以暇地繼續安排，「五萬沒有這個行情，欺負人了。兩萬也貴了，可是你們看了好，我也想你們高興，房子我都不用看了，我自己無所謂的。」謹洲再度擺手，不讓小紅插嘴，「再怎麼不能讓你媽出錢，這分情我領。原來講好的聘金我再加三萬，湊成五萬，可是這個錢是給她養老的，等我死了她再動。」謹洲三度擺手，不讓小紅說，他說：「我現在手邊沒有現錢，回了台灣再帶來。我在台灣的房子有人買可是還要辦過戶，全部搞清爽也要個把月的時間。」謹洲拿出一個紅包，道：「這裡兩千，給你媽媽在我回來以前用，以後我每個月都會給她八百塊錢零用，家用還歸我。」

小紅直到簽約換房也不知道自己這邊是賺了還是賠了。可是自己家，哦，正確說法現在還是董婆家，換了套大一倍不止的三居室廚衛獨立二樓房子。原來只開口要兩萬聘金，台灣老頭答應給五萬養老。董婆還沒嫁，人也搬了大房，每月零用金比小紅和有慶的工資加起來還多。小紅很難覺得自己喫了虧，可是就是不知道哪裡著了那個資本主義台灣老狐狸的道。有慶倒是很為母親高興，不爬六樓，一個月八百，簡直好得像做夢。最神奇的是肉廠同事鄰居這次沒人笑話他，都真誠的祝賀他找到個有錢的台灣爸爸。

董婆的腦子有點輕，搬進了新房子都不敢相信是真的。這完全是她心目中的理想歸宿。她十五歲的時候看見桃花井最紅的姑娘從良嫁給人做偏房，人人說紅牌姑娘相好命也好。這又哪有她董金花的命好？

謹洲回台灣那天，包晚輩親戚的車去機場。既有便車，小紅非要拉了女兒和董婆一起去送，順便開開洋葷看飛機。機場在省城郊區，離本市有兩個小時車程。老中青三代女士不慣坐長途汽車，擠在後座暈車暈得一場糊塗，一人抱一個膠袋一路吐到機場。董婆更是吐到腿軟下不了車，飛機也就不想去看了。謹洲鐵青著臉，彷彿對帶了三個土包子嫌累贅，並沒有憐香惜玉之心，交代姪孫幾句，一言不發的就走了。小紅帶著女兒既然來了，再不舒服也還是要去機場逛逛的，就跟著拉了行李的駕駛員親戚一起進去。董婆躺在後座，吐是不吐了可是頭又痛起來，緊閉雙眼心中只盼自己趕快睡著就不知痛了。忽然聽見嗆嗆的聲音，她嚇得彈起身，慌亂的四下張望。原來是駕駛員折返來用鑰匙在敲窗玻璃。

「金爹，」看她醒了，駕駛員打開車窗遞給董婆一個小包，「謹爹買了要我送來給你的清涼油和暈機藥，暈車也好用的。」又遞過一瓶水說：「金爹，您老人家就車裡歇歇，我們等謹爹進去了就送您老回去。」

他叫她「金爹您老人家」！董婆一瞬之間為這陌生的敬稱感動莫名，眼淚鼻涕一起湧上來，她吸著鼻子哽咽道：「你去，你去！」

姓李的姪孫司機對老太婆的激動有點摸不著頭腦，只想到老土婆子可能暈車難過壞了，藥既送到，也就顧自離去。他一面往機場走去，一面想：「十二爹爹老糊塗了，找這麼一個堂客？這麼嚇人還說是做過生意的，嗐，哪個信哪！只怕是住桃花井的就都說是婊子，」這人想起自己跑長途時路店裡結識的一個相好，不禁脫口自語：「起碼也要看得過才有人買啊。」不比小紅渾然天成的銷售才能，這個二級縣城裡的駕駛員在九〇年代初期還不懂得資本主義裡市場行銷對商品的重要性。那時這個六千多萬人口農業大省的國際機場正在擴建，四處塵土飛揚。天上一架飛機緩緩降落，是誤點的香港航班，一天只飛一趟來回，還很少準時。像之前每次艱苦的返鄉之旅一樣，下個月就滿八十歲的李謹洲這天又要在兩地候機室枯坐良久耽誤十幾小時才能回到台灣。唯一不同的是他老先生現在在家鄉又建立了自己的地盤，哪怕是在名聲不佳的桃花井，也是自從四十多年前倉皇逃離家鄉以後掙回來的一席之地。謹洲坐在臨時候機室極不舒服的硬膠椅上卻面帶微笑，他正在細細回味如何靠一己之力談判折衝竟以最經濟的辦法在有限的時間之內置辦了一頭家，一時卻又想到和兩個不肖兒子就此另立門戶，心裡竟是又欣慰又有些心酸。

擴音器廣播前往香港旅客登機。老先生抖擻精神，準備好登機牌和台胞證。這次真辦了不少事，他要回台灣了。

探親

家愛從沒想過自己曾祖母是個小腳老太婆，
來此前也無法想像那堵又大又老的院牆和上面無字的家族史詩；
她環顧四圍茅屋水塘一片青鬱的田野，想到這裡竟是自己的原鄉，
心頭忽然一熱，覺得爺爺帶她們來掃墓祭祖真是件浪漫的事啊。

「爸，你千萬不要來！無論爺爺說什麼你都不要來！這裡很可怕！」妹妹李家寶拿著電話聽筒大吼大叫，也不管整個電信局的人都在旁聽她的家務事。

「——為什麼可怕？現在講不清楚啦，反正很可怕就對了——爺爺？爺爺還好啦，爺爺教我們一定要打電話給你，可是我們不要在他家打——反正我不騙你，這裡真的很可怕，你們都不要來就對了。」那邊顯然還正說話呢，她已經把電話聽筒往擠在身邊的姊姊李家愛手裡一塞，匆匆地道：「換你換你——快點快點——我們錢不夠了。」

「爸——哦，媽，媽你千萬不要來！」接電話的人顯然從爸爸換成了媽媽，可能覺得兩父女夾纏不清，需要換個對話的組合，卻碰巧兩造都換了手，又得話說從頭。幸而家愛口齒伶俐些，只是和妹妹口徑一致：「我們很好，可是這裡不好，什麼都不方便。爺爺星期三帶我們下鄉去掃墓，好像走進時光隧道，連爺爺都說李村跟他民國三十八年走的時候一樣，一點都沒進步——我們很好，除了鬧肚子，其他都很好——肚子什麼問題？嗯，鄉下沒有廁所——李家寶三天沒上廁所——不是吃壞了，只是吃不慣，這裡的菜很鹹很辣，什麼都放在碗公裡——什麼？——不知道，一碗一碗黑黑的看起來都一樣——錢不夠了，家寶說錢不夠了。不是我們沒錢，是電信局打電話很貴。爺爺教我們打電話叫你們來，我們決定不要害你們。回台灣再講好了。再見！」

「你為什麼說我三天沒上廁所？」姊妹倆並肩往外走時，家寶壓低聲音質問姊姊。

家寶一米七，體型壯碩，濃眉大眼，高鼻闊嘴，從小人人說她長得像祖父；幸好家寶皮膚白皙，披肩的直頭髮在腦後紮個髮梢內捲的俏麗馬尾巴，就不至於那麼像個男生。旅行，她背著背包，穿著鬆垮的棉質白襯衫，及膝牛仔褲，配雙七彩短襪和已經在鄉下踩成淺灰色的白色網球鞋。

「媽在問，旁邊的人都在聽，我不能說『便祕引起肚子痛』或『我們很多天沒有嗯嗯』。」家愛沒好氣地答道，一邊給妹妹一個白眼。她比妹妹矮三公分，可是在那時的縣城裡也是鶴立雞群。家愛和妹妹唯一相似的是一樣白白的皮膚，可是眉眼秀氣，長圓臉小鼻子小嘴，二十歲看著像十七歲。這裡天氣實在濕熱，台灣長大的也受不了。就算家愛素來愛漂亮，短不及肩的頭髮也不計形象的在頭頂紮了一個幾近衝天的小掃把。她穿著藍色開領馬球運動衫，洗白帆布裙和在香港過境買的繡花牛仔布露足跟涼鞋。她勤工儉學當家教積積攢攢，行前才買的名牌旅遊鞋已經在鄉下豬圈裡方便時受到嚴重汙染，壯烈犧牲了。

「那你為什麼只說我？人家在聽你還叫我的名字？」家寶繼續追問。姊妹只差兩歲，從會說話起就鬥嘴。她們奶奶生前喜歡看武俠小說，曾經仿效書裡人物給她們取過「李谷二仙」的別號，取笑兩個人在一起就停不了拌嘴。

「如果我說『我們』，人家就知道是我們。我說『李家寶』，人家才不知道是說誰。」走出電信局大門，家愛從包裡抽出皺巴巴一個漁夫帽戴上，頭頂的衝天炮把軟帽撐成一個小斗笠。她瞥一眼電信局茶色玻璃門上反射出自己的怪模樣，嘆口氣道：「醜斃了！幸好這裡沒有認識的人。」她忘了前幾天還大驚小怪地說這一城大概有半城人跟她有親戚關係。

「那你為什麼不說『李家愛三天沒上大號』？人家也不知道你是說誰。」家寶不依不饒。一面也變魔術一樣的從背包外側暗袋裡摸出個白色空頂棒球帽簷繫在頭上，和家愛並肩而行。家愛沒理會妹妹拗的最後一句，顧自對著被陽光照得白花花的大街又嘆息道：「這裡是江南耶，為什麼沒有樹？曬死了！還好快回去了。」

那時離一九九二年鄧小平南巡講話，鼓勵人民「放大改革開放的膽子勇敢去試驗」，已經過了三年。中國各地方政府受了感召，紛紛聽從「改革開放總設計師」的教導「大膽地試，大膽地闖」起來，到處風風火火地招商、發展、建設，彷彿一時之間全國大小城市都在迎頭趕上。李家兩姊妹來訪的古城地處長沙與武漢兩個大都會之間，是個縱橫鐵道路線交會的火車大站，並不像家愛、家寶兩個台北嬌客形容得那麼「可怕」。樹固然像家愛感嘆的是少了點，因為老樹早就走進歷史風景，十年動蕩後新種的還俱未成蔭；人口已從民國時期的四十萬成長至兩百萬的縣城裡幾條老街上房舍也是破舊了點；比如抗戰時期的火車站還在營業，那卻是因為要等市內新修的大型火車站全面投入營運以致讓舊的還苟延殘喘；新街區其實也已有雛型，卻又因為到處蓋大樓，挖得坑坑洞洞，塵土飛揚，市容全讓掛著紅色標語牌的黃色、藍色大型路障和掛著灰綠塑料帳子的竹搭腳手架給遮掩了。真正讓姊妹不習慣的是路上車子比台灣鄉下地方還不遵守交通號誌，也不讓人，光是窮撳喇叭，難怪李家姊妹開玩笑懷疑本地司機可能學開車前先學按喇叭，反正她們遇到的每個司機都是腳一踩上油門，手就按上喇叭不會錯。這裡計程車司機也確實特別人來瘋；載了客起步時離合器和油門並踩，務必把一千西西弄出開賽車的動靜，上了路又忽左忽右，讓外來客摸不透這裡到底還是不是靠右走，而且最糟糕的是一面瘋狂駕駛，一面不停問候別人的親娘；兩姊妹原籍家鄉話不會說幾句，可那幾句鄉罵哪怕聽不全懂也猜得出來。來了這幾天，特別不喜歡「打的」。這裡攔出租車叫「打的」，不跳表，無論到城裡哪個角落，一律十元人民幣，出城另外議價。兩姊妹既打定主意要對爺爺叫父母來的囑咐陽奉陰違，今天離開住宿的招待所就沒讓親友做地陪，「私訪」電信局以避人向爺爺打小報告，結果一上計程車聽了兩句髒話，轉個彎就到了。原來電信局就在她們住的被服廠招待所下面一條街，幾百公尺也一樣收十元。

兩人在漫天灰塵和滿街廢氣中汗如雨下地頂著上午十一點鐘的太陽往兩、三百公尺開外的招待所方向步行而去。平時碰在一起便無法不說話的「李谷二仙」在古城重汙染的空氣中難得的閉緊了嘴巴，沉默的走著；不用言語，她們俱知彼此心中慶幸兩週的假期已近尾聲，主要節目就剩明天為兩人送行的盛大家宴，後天一早就可以離城搭飛機奔香港轉台灣了。兩個人這趟探親之旅出發時候的興奮之情十多天來已經消磨得差不多，現在很想家了。

打扮模樣與本地時尚大異其趣的二妹對這裡失了新鮮感，這裡路人對她們二人的好奇心卻似乎並沒稍減，離開電信局後，零星有半大小孩開始跟在她們身後。不再是初來乍到見到原鄉鄉親就笑的傻妹，家寶把背包移至胸前，順便狠狠地瞪了跟蹤的幾個小鬼一眼；她來的第一天就遭竊，雖然只掉了幾十元順手塞在背包外側找零拿回的人民幣，可是生平第一次被個賊這麼近過身，總教她心裡彆扭。不過人高馬大青春逼人的兩個小丫頭在旅程中一路沒少被人行注目禮，無論在台灣桃園機場出發還是在香港啟德機場轉機，夾在一堆老爺爺、老奶奶和陪伴他們踏上返鄉探親旅途的中年兒女之中，幾次被其他台灣旅客好奇而友善的詢問，等得知二人也去大陸探親，就都訝異道：「你們這麼年輕！怎麼會在大陸有什麼親？」

兩姊妹都是正放暑假的台灣大學生；姊姊家愛就要升大三，妹妹家寶過完暑假也是大學新鮮人了。兩姊妹的爺爺，李謹洲老先生，雖然本地鄉親背後喊他「台灣老頭」，卻是在地土生土長，去台灣以前更做過國民政府時期的本縣縣長。國共內戰時無論中央或地方，凡是檯面人物都要選邊站，想想共產黨這邊絕容他不下，李謹洲決意帶著家眷投奔台灣的國民黨政府，臨行卻因為謹洲老娘捨不得放行嫡親的八歲長孫慎思，謹洲夫婦就只帶了三歲的小兒子慎行離鄉避禍。沒想到在香港邊境上英國人放行了會說幾句英語的李太太和她抱在手裡的小兒子，卻擋下了身懷縣長派任手令的李謹洲。謹洲因而隻身留滯在廣州一帶，等了半年才找到空子偷渡和家人會合。之後一家三口幾經輾轉終於到了台灣，誰想退居到台灣的國民政府深怕共產黨滲透，全島實施軍法戒嚴，處處風聲鶴唳，謹洲遭人誣陷，軍法局明知抓錯了也不敢放人，判決書上含含糊糊說他「逗留匪區過久，思想難免毒化」，就那麼糊裡糊塗地給送去了後來叫綠島的火燒島「感訓」；追根究底也可以說是在廣州耽誤的那大半年害他後來坐了幾年冤獄，還背了幾十年「匪諜」的嫌疑，以致謹洲在台灣鬱鬱再不得志，困頓了大半生。幸好活得夠久，還等到了一九八七年以後兩岸開放探親。可是台灣、香港、家鄉來來回回跑了幾趟以後，老先生深感歲月不饒人，無論旅途或是旅費都越來越負擔不起，便在幾年前於家鄉找了個長期據點，再又回台北處理微薄資產並慶祝過八十大壽後，落葉歸根返鄉定居。隔年家愛、家寶兩孫女就來探親兼尋根，順帶旅遊；或者也可說是旅遊順帶其他，因為這趟旅行也是兩人先後都考上名牌大學父母給她們的獎勵。不想這一路除了香港過境遊在國際化大城市裡吃吃買買讓兩位台北小姐覺得還算有趣，其他尋根節目俱成苦旅，完全辜負了家鄉親人傾情招待台灣親戚的拳拳盛意。比如那時還沒有後來世界級展館水準的省級博物院，長沙馬王堆出土的國寶就在挖掘原址旁的簡易展廳展出，買票參觀的一人發個鞋套穿上聊對國寶盡一份保護的心意。家寶鼻子靈敏，一路看展一路問姊姊：「好臭！你有沒有聞到怪味？是不是福馬林外洩？」家愛覺得泡在玻璃瓶裡的千年內臟陰森森，也對妹妹發表評論：「這是博物館還是鬼屋？它的目的是教育我們還是嚇人？我今天晚上要做惡夢了。」別號「李谷二仙」的兩姊妹既到了一起，看到新鮮事物習慣性的要發表即時評論，就在本地親戚面前講國、台、英語夾雜的暗語以維持基本禮貌，可是做地陪的親戚就算聽不明白對話內容，聞語氣也知道客人對獻的寶不甚恭敬，都感無趣，一個有點尷尬地笑道：「不好看回咯啦？」

陪同看展的兩個親戚一個是李家的，一個是李家這個親戚的外家，也就是這個人的母系親戚，依本地習俗，親戚的親戚也算親戚。家愛、家寶兩姊妹在台灣身為「外省人第三代」，成長的環境又與眷村不沾邊，父母在台也都是獨生子女，兩姊妹學校以外的人際關係素來只及自己的小家庭，再延伸也僅止於爺爺、奶奶、外公、外婆。這次來到祖籍原鄉，真是大開眼界，不但天天有人接去吃飯，一進去就是一屋子親戚，還得按輩分介紹和安排座位。家寶記不住誰和自己是什麼關係，家愛煩不過，想到個解決辦法。她告訴家寶一個要訣：「你記不住的全部都是我們的cousin。」家愛還盡責的把這個英文單詞教給席間所有的年輕親戚。有幾個跟她們差不多大，卻按輩分要叫「姑姑」、「姑婆」的李家晚輩特別高興，大家立即達成共識，一時「卡人」、「咖忍」不絕於耳，一片歡樂和氣。可是也有不高興的，尤其和兩姊妹共曾祖父的八房和十房更感到這樣瞎叫有失莊重又模糊了親疏遠近，想得嚴重一點，簡直背離中國傳統。一個近支堂兄皺眉苦笑道：「愛妹妹又不是外國人，何得講英語囉？」一定要講最後一句的家寶搶答道：「愛妹妹念外文系，就是你們說的英語專業，她老師說學英文有機會就要練習。」

李氏是本地望族，出城二十多公里，行政權隸屬本縣的李村就是祖籍，也是李氏祠堂所在地，族譜往上可以追溯到宋朝打湖匪留下屯墾的官兵。明、清時候族中也出過幾個「族望」，也就是光宗耀祖的族人，壯大了家族聲勢；然而歷朝歷代的天災人禍又形成制約的機制，讓家族萎縮沉寂，以待下一個族望的中興，這樣張弛有節制，一個家族竟綿延數百年，沒有「五世而斬」。李村宗親分支可考的去到了浙江、福建甚至南洋。如果李家二姝將來在台灣開枝散葉之後又追本溯源，她們的爺爺李謹洲就是到台灣這一支的李氏開源某某公。不過諸如此類有關香火承傳的宗族封建講究可能觸動男女平權的敏感問題，在沒有男孫的台北李家是不大討論的。兼之李謹洲夫婦都上洋學堂，算他們那個新舊交替時代的「新派」人物，兩姊妹就只有時聽聽祖父母講講家鄉人物當成故事，對她們自己遙遠的龐大家族體系是沒什麼切身的認識和感情的。

事實上，這次一頭撞了來還真有點不適應；首先自然是親戚多到超過預期，既記不住名字，也搞不清楚關係。

一日城裡某房請客聚餐後家寶私下笑問姊姊：「愛妹妹，爺爺明明是他們家老三，為什麼我們是老十二房？爺爺家鄉那麼多姪子，為什麼說有的是爺爺親姪子有的不是，今天還為這個吵起來？難道他們有誰是收養的？」家愛先笑著說：「寶妹妹，請你別叫我愛妹妹，太肉麻了。我今天還在想還好沒人比你小，不然不是有人要喊你『寶姊姊』？那我會當場噴飯。」再又正色為家寶解惑道：「老十二是大排行，和我們爺爺同一個曾祖父下面『謹』字輩的連堂兄弟都算進去，爺爺排到十二，可是他們那一輩好像只剩爺爺一個了，其他的親的、堂的都掛點了，所以我們爺爺現在已經是年紀最老、輩分最高的了。我想他應該算是族長了吧。他們今天一直在講的死在秦城監獄的老八和被日本人炸死的老十是我們爺爺同父異母的親哥哥，因為爺爺的媽媽是他哥哥的媽媽死了以後才嫁給我們曾祖父的，所以八房和十房伯父的小孩雖然是我們的堂伯，他們算爺爺的親姪子、親姪女，不是堂的。懂不懂？等上大學以後看看《紅樓夢》就知道大家族是怎樣的了。」家寶做個鬼臉道：「愛姊姊，不要欺負我還沒上大學。我沒看過真正的《紅樓夢》，也知道裡頭都是俊男美女，不是李家這些劉姥姥。人家寶哥哥家族吃飯是要作詩的，我寶妹妹家族聚餐是拚酒、講粗話和算老帳以前誰牽連了誰。你可真會比得往自己家臉上貼金——還《紅樓夢》咧！」

另一個兩姊妹來前始料未及的問題居然是語言障礙。

「我一直以為我聽得懂家鄉話，來了才知道我只聽得懂爺爺和奶奶的家鄉話。」家寶有點沮喪，「更糟糕的是我發現爺爺現在在這裡跟別人講話我也聽不太懂了。」

「爺爺跟我們是講國語。」家愛安慰妹妹，想想忍著笑又加一句，「最少爺爺認為——他跟我們講的是國語。」

在背後暗笑長輩鄉音重，姊妹倆著樂了。家愛趕緊表示公正地說：「那奶奶講得很標準，她是老師，她不標準她的學生就完了。」

「那個董婆說的話我就更一句都聽不懂了，聲音之尖的。」家寶忽然換了話題；奶奶死的時候她還小，很多事不記得了。倒是她爺爺兩三年前在家鄉找的這一位續弦奶奶董金花董婆，在上百個新認識的親戚裡讓她一見就印象深刻，「你說董奶奶，就是那個董婆，說的是苗語，她媳婦說她說的是街上話，跟奶奶說的長沙話是一樣的，我聽是一點不一樣，可是我也不太記得奶奶說的話了。哇，那個叫王小紅的不是蓋的，看她婆婆一眼她婆婆就閉嘴。」

說起爺爺現在那幾位姻親，家愛也搖頭，附和道：「沒錯，那個王小紅一定是個『驚世媳婦』。還有她老公和她女兒也夠恐怖。」家愛想到董婆孫女秀妹仔對兩姊妹衣著和各種小物件毫不掩飾的羨慕之情，哪怕事過境遷還是有點不自在，便學小紅丈夫林有慶的口氣，用荒腔走調的家鄉話講了句：「真是『喝老子一挑』！」

說了兩姊妹就壞笑。這裡勞動人民一般自稱「老子」，「嚇」在本地方言發聲近國語的「喝」，「喝老子一挑」就是「嚇我一跳」。林有慶原在市立屠宰場任職，實行市場經濟後，奉行計畫經濟的公家屠宰場拚不過市場裡個體戶肉販，這年年初過完舊曆年竟然關張了，有慶只得回家吃老米飯；依本地說法他是「效益不好的肉聯廠下崗職工」。有慶是個老實人，一輩子依傍著桃花井的傳統市場出生長大，沒見過什麼世面，聽人家說點見聞常常都真被「喝了一挑」。他時不時說上這麼一句完全沒什麼言外之意，就像台灣有些人習慣說「哇賽」，雖不登大雅，也不算什麼粗話，在本地詞彙裡也就是個形之於聲的驚嘆號。其實有慶在客人面前已經特別注意言行，怕給老母、老婆丟臉，可是口頭禪改不掉，還是教兩姊妹暗地裡取笑。二女對爺爺的新家庭不恭敬也是受她們爸爸的影響；都怪慎行對父親幾年前在家鄉續弦這件事一直不以為然，在女兒面前自然沒有好話，甚至臨行還告誡二人見到董婆千萬不可喊奶奶什麼的。

「我們怎麼稱呼她呢？」家愛問。第一天抵達家鄉，被慎行託咐負責在機場接待兩姊妹的嫡親堂兄李潘信告訴她們董婆在酒店等待親迎。

「就叫董婆囉，」李潘信不屑地說，又陰陽怪氣地冷笑道：「要不叫奶奶，你們台灣人不都叫爺爺、奶奶？」這小子本名潘信，是兩姊妹留在家鄉的親伯父李慎思的兒子。

慎思文革時改名李光入贅農戶潘家避禍，所以兒子李潘信實際姓潘。不比弟弟慎行遠在台灣對老父續弦只是心裡不爽，同住在一個城市裡短兵相接，爭取資源，慎思一家更是把謹洲的新家庭當成了眼中釘。李潘信在城郊容家灣農村潘家長大，跟李家的親戚們，甚至自己祖父，都是成年以後才相認，性情素來與眾人格格不入。對李家隨便碰上誰都是找到機會能酸就酸，能損就損，哪怕是面對頭次見面的親堂妹，說話也並不中聽。

「寶妹妹、愛妹妹，這是我們背地裡，當面不好叫董婆的呀。」司機李家勇聽不過去了，出來打圓場。他也是本家親戚，謹洲的姪孫，這個年輕時當過兵，後來又開貨車走南闖北見過世面的人笑著說：「我們這裡叫祖母『哀家』，你們想要禮貌些就喊董家裡哀家——」

「跟她講麼子禮貌哩！你禮貌你又不喊細十二爹爹？」潘信打岔道。見家勇不善地掃他一眼，就悻悻然咕嚕一聲，眼望向窗外不再吭氣。李家勇前幾年還是個開包車出租的個體戶，現在已經自己做老闆了，今天嬌客面子大，李老闆開來他新買的私家車接機。此人是潘信在李氏門中唯一的偶像，用潘信自己的話說，是「就他一個老子還願意搭講」；潘信認祖父時已過了上學的年齡，一直想台灣爺爺替他買輛車去靠行，將來也像家勇一樣做車行老闆。

兩姊妹自然不懂本地稱呼上的講究，只要不讓叫奶奶其他都不為難。一時沒想到打破砂鍋問到底，只努力學舌。

「凍—咖—哩—啊—雞———」家寶搶先說；她膽子大，而且素信自己會說爺爺的家鄉話。

「拜託！乾脆你叫『冷凍咖哩雞』好了。」家愛笑話妹妹的發音不正，就自己也試試，說：「董嘎哩—阿吉———」顯然沒好到哪兒去。

「咚嘎哩嘎哩啦！」家寶反擊，乾脆唱起童軍歌來：「咚—嘎哩—嘎哩，咚—嘎哩—嘎哩———」

兩位在地鄉親雖然對二位堂妹的「港台腔」調笑不是全盤領略，快樂的氣氛卻有感染力，全車笑成一團，連始終面朝窗外的臭臉潘信都偷偷抿起了嘴。家勇一面開車一面耐心糾正發音。可是四人同車，三人說笑，過不一會，成了第四個人的潘信不甘被冷落，又見家勇教得仔細，就算對自己的偶像也不耐起來，就轉回頭冷笑道：「家勇哥，你禮貌你喊婆子金爹，又不喊細十二爹？」卻不待人賞他白眼，說了立馬偏過頭去不看人。

李家勇一隻眼箭果然只射到潘信的後腦杓，心中暗罵：「豬孬的萬人嫌，信不信老子什麼時候收拾你這個姓潘的雜種！」又旋替自己的台灣叔公不值。他這幾年有機會和他叫十二爹爹的謹洲說說話，很覺老人有見識，就常去請益，連決定「下海」做生意都多虧台灣叔公鼎力支持，還替他擺平家族中反對他主動砸掉鐵飯碗的老老少少，甚至家勇在外面的人事周旋上也有時用得上「老縣長」這塊掉了漆的金字招牌。家勇一般外人前面都稱「我台灣爹爹」，常恨自己不是謹洲親孫子，深覺他要是親孫子生意還要做得大發。家勇對慎思、潘信父子恃親而驕的行徑一直不齒，在他自己爸爸跟前多次抱怨要去叔公前面揭發潘家人在背後拿盡好處卻時時鄙薄老先生的言行，嚇得老好人的謹洲老姪勸兒子：「兒啊，千萬千萬，我們疏不間親，誰要他們人生得親了呢？」

果然台灣客人問了：「『金爹』和『細十二爹』有什麼不一樣？」

家勇一面右線超車，一面搖下車窗粗野地對剛超他車的罵一句鄉罵後，回過頭來直視後視鏡裡兩姊妹眼睛，平靜而誠懇地說：「我是兄弟姊妹裡最小，解放以後才生的，沒有看過你們祖母。我哥哥姊姊小時候叫她『細十二爹爹』，我就也這麼叫，我爸叫她『細十二叔』。我們這裡說『細』就是『小』的意思，就是說跟叫你們爺爺一樣的稱呼只是前面加個『小』。我爸說細十二叔是讀過大學的，他們不能和叫其他嬸娘那樣叫。」

家愛想起小時聽祖母自豪地講過她是李家姪輩的「細十二叔」，而不是「十二嬸」，因為當得起家族中的男性稱呼是要看文憑、憑本事的；這個習俗大約是和稱呼有社會地位的女性「先生」同一個年代吧。就像她們的奶奶只有一個，出門前爸爸還特別叮嚀別亂喊人；在李家小輩心中，哪怕無緣親謁，「細十二叔」或「細十二爹爹」也是獨一無二的。這是對她祖母致敬。

「我記得聽我奶奶說過。」家愛說，忽然覺得心中莫名其妙地一暖，不懂自己是在那一剎那認下了這個司機，在這個陌生的地方有了第一個共血緣親戚的緣故，只是自然而親切地學著叫人：「家勇哥，我懂了。」看見身旁妹妹一臉茫然，心知自己兩歲不是白大的，就做解釋道：「家寶，爺爺現在這個太太呢，我們叫『董奶奶』，就像對爺爺、奶奶的朋友那樣就好了。」

可能因為語言不全通，董婆對台灣孫女當她普通長輩一樣叫「董奶奶」並沒什麼特別想法，卻對台灣老頭在地的兒孫輩很有意見。

「我不去！你的姪子沒有一個當我嬸嬸。」家愛二人打電話回家的次日，董婆董金花在自己家中對她的台灣老頭李謹洲抗議，揚言杯葛李氏為台灣來客送行的家宴，「我今天一定不去！」

謹洲在書房中寫毛筆字修心養性。眼睛不好，字寫得大了些，一張紙上只一句，桌上、地上已經寫妥晾著「人生不相見」、「動如參與商」、「今夕復何夕」、「共此燈燭光」、「少壯能幾時」、「鬢髮各已蒼」。一時情緒飽滿，心中感慨悲涼，懸腕提筆正要寫下杜甫詩中最切中他歸鄉後心情的下一句，卻聽見老太婆在屋裡吵吵嚷嚷，打斷他澎湃的詩意，就不耐地道：「你這又是什麼事？講得好好的，等下勇伢崽就來接我們。」勇伢崽就是車行老闆謹洲姪孫李家勇，是李氏家族新中國建國以來第一個有車階級。本地話叫小輩什麼「伢崽」，平輩開玩笑也有這麼叫小名的，類似閩南厝邊叫「阿勇」或者北京胡同裡喊「勇子」。

「我不去。勇伢崽也喊我金爹，還說他四十幾歲了的人不能喊他伢崽，那我該喊他勇爹？氣不氣人呀？還有你兒子和你孫子，你不看見就叫我董婆，董婆是他們叫的呀？」董婆頭不梳衣服不換，只哇啦哇啦的吵鬧著。

謹洲捺下性子不理她，試著充耳不聞，凝神聚氣，繼續寫他的字。兩姊妹來了天天有親戚接去吃飯，親族應酬頻繁了，家庭矛盾就有機會出現。只聽董婆兀自悻悻然在那裡絮叨：「每次接去掐飯，個個喊金爹，金爹是他們喊的呀？喊得好像跟他是一輩的。」董婆不記得兩、三年前生平第一次聽見人家喊她「金爹」，還曾激動得熱淚盈眶。本地風俗喊人「某爹」是尊稱，以董婆本城的社經地位，要不是看在謹洲分上，不會有人對她用這樣的敬語。可是這個敬稱非常微妙，雖然表達尊敬，用在宗親長輩身上卻又有「不認親戚關係」的意思。

下一句「訪舊半為鬼」果然寫壞了！謹洲既是昔日國民黨一邊的，時至今日，家鄉故舊何止「半為鬼」？謹洲每念及此總免不了心情失落，現在眼望桌上自己寫的鬼畫符，耳聽董婆的尖聲嘮叨，感覺厭煩透了；雖然原來也沒指望娶這個婆子紅袖添香，卻沒想到連當她無人都不可得，可氣她董金花給叫了幾十年的「董婆」也沒事，才被人叫了幾年「金爹」就上頭上臉，難道她真以為自己做了夫人？謹洲當下把臉一沉，厲聲道：「你不去，以後都不要跟我出去！」毛筆也順勢往桌上一拍，一時墨汁四濺，聲勢驚人。

董婆愣住了；台灣老頭很少發那麼大火，她吃驚得連害怕也不會了。她鼻中呼嗤出氣，花了幾秒鐘在呼天搶地和俯首聽命兩種反應中抉擇；一會不吭氣了，走入臥室梳頭更衣，準備隨夫赴宴。事實上董婆是很喜歡跟台灣老頭出去的，不但請客有好酒好菜吃，在家寶口中「拚酒、講粗話」的李氏親戚們，在董婆眼裡全都風趣幽默有教養；用董婆自己的話來說是「個個幾好耍，掐醉了不打架」。每次跟台灣老頭出去，董婆都衷心認為「好耍」，更別說還可以聽到、看到很多新鮮事回來講給兒子、媳婦和孫女聽。這次都是媳婦王小紅要她一定要想辦法臨時抽腿不要去，還說這是最後一個機會，如果還辦不成，以後董婆就認台灣老頭一個人吧。夾在中間董婆真是為難，只好哪個凶些她就倒哪邊。小紅威脅疏遠她，她就找藉口鬧老頭，老頭一發威，她也就偃兵息鼓。董婆心想自己也如小紅要求的鬧過一場了，這不是她想去掐酒，是她犟不過，又能怎麼辦呢？

「不行，我信不過你媽，」小紅這天沒上班，在家等待董婆消息，卻忽然福至心靈，跳起來對丈夫有慶撂下一句話就向外走，「我過去看看。」母子兩家都住桃花井，走路幾分鐘的事。

「我也去吧？」有慶趕忙跟上，卻被小紅一個眼色掃住。

「人去多了要是老頭在難得解釋，」這天娘兒仨要辦的可是件出不得差錯的大事，小紅是首謀，只見她指揮若定，斬釘截鐵地道：「你在家等我的信，要你我打電話到隔壁小店叫你。」

小紅匆匆趕過去董婆家時恰好在樓門口遇到家勇開車來接兩老。

「勇爹，您老自己來接啊？好漂亮的車唷，新的不？怕不要上十萬？」小紅羡慕不已地作勢伸出手去要摸一下家勇的車，旋又誇張地縮回手道：「唉咦唷，這麼亮！怕我給你摸花了！」

家勇明知小紅做作，可是有人、還是個不難看的女人，誇自己的新車總是件開心的事，就笑道：「說你王小紅不識貨吧，我給你二十萬你替老子搞個一樣的來。」

「那不怕是要三十萬了吧！」小紅驚呼，奉承地把車價往多裡報。按輩分家勇該叫小紅「姑媽」，至不敬也該叫「林家姑哀家」表示是遠房長輩，可家勇碰上比自己還小幾歲的小紅，心情好點就連名帶姓的喊，平常還不客氣些，叫她「欸」。可是小紅身段柔軟，並不計較這些虛套，只更做小伏低，近乎撒嬌地對家勇道：「是囉，堂客哪裡懂車子的事？勇爹，你發財的人不和我們一般見識。」

家勇哈哈笑了，一面尖起眼睛監看窄巷中擠進的一輛三輪板車不要刮到自己的車。

小紅注意到了，就乖巧地說：「你坐在新車裡吹空調，我替你上去催催你十二爹爹？」小紅自忖家愛、家寶才來第二天時，她想起幫自己任職的被服廠招待所領班小吳拉兩個客，就遊說兩姊妹從家勇代訂的華僑賓館搬到招待所去住；雖然此舉算是還了小吳一個遙遠到謹洲和董婆成親以前的人情，卻只怕小小得罪了家勇，這下找到機會趕快對家勇賣個乖，希望彌補一二。

家勇果然高興，喜道：「那我謝謝你了。我就開到前面牆下陰涼的地方去等，正好掐根菸，兩個老的可以慢慢來，去掐飯也還早。」家勇忽然想到台灣堂妹那裡學來的一個新名詞「雞婆」；他當時也回報教給她們家鄉話，本地方言同義詞應該是「能事婆」。年輕堂妹「好耍」，馬上現學舉王小紅為例玩造句：「王小紅是個能事婆」、「王小紅很雞婆」；家勇一路微笑著把車重新停好，想著這個「雞婆能事婆」也不總是討人厭的。本地重人情往還，誰欠誰的情，怎麼還，各個心裡一本帳要記一輩子，哪怕家勇趕上改革開放的潮流走在家鄉多數人的前面，因而心胸和眼界開闊了變得比較不計較，這可不表示小紅猜錯了；是啊，就算事小不記恨，家勇可沒忘了王小紅十天前貶低他訂的賓館還搶了他的客的事。

「唉咦唷，兩個小姑娘不好住華僑賓館地囉！」那天是小紅和兩姊妹在爺爺家初見面，聽說她們下榻賓館先大驚小怪，再又以本地旅館權威的高度作持平姿態分析道：

「要我說，以前還可以，第一個星級旅館還是可以的，後來就不行了，被南湖賓館趕過去了，朱鎔基來了就住南湖，也是星級的，現在外國旅遊團來都住那裡。」小紅頓一下觀察聽眾表情，覺得不妨繼續，又說：「可是南湖太遠了，不方便，還是我們單位招待所方便，你們小姑娘又好住，又便宜。要是喜歡，我們今天就可以搬過去。」

每事問的家寶就問：「那小紅姑媽你們單位的招待所在哪裡？」聽說就在自己姊妹住的華僑賓館對街，家寶又問：「那我們為什麼『不好住』華僑賓館，可是『好住』對面的招待所？」家寶不是找小紅麻煩，初到貴寶地，兩個台灣妹根本無法精確掌握「不好」這個副詞在普通話裡的含義；比如到處聽見的「這個不好說」，在台灣人耳中聽來就不是個否定句，反而比較像說的人知道一些內幕在拿翹，希望聽的人表現得更渴望知道，哀求一下才要告訴你。

小紅想這個小的有點「哈性」；本地方言「哈性」就是傻瓜、傻氣的意思；一面口中漫應道：「你們爺爺就最喜歡住我們招待所了，」小紅聰明，當著李家人從不說「我爸爸」或「我個爺」惹人反感，「住外面最要緊是乾淨，」小紅湊向兩姊妹神祕兮兮地道：「沒有亂七八糟的人。」看到兩姊妹不明就裡的表情，就補強道：「亂七八糟的人不敢去國營單位的。」家寶還是不懂，小紅只得說：「賓館裡有作風不正派的，」她看見家寶瞪著大眼睛等她說下去，脫口而出道：「那裡有妓女。」一面朝裡屋看看歇午去的老人有沒有在聽她們講話。

家寶不懂小紅怎麼就紅了臉，還以為是鄉下人保守，不能說「妓女」兩個字；家寶不知道小紅和自己一樣是個如假包換的城裡人，而且就在本城最市中心的桃花井市場一帶出生成長，娘家更和本城從清末以來就聲名狼藉的紅燈區只隔兩條窄街，比之家寶這種紙上談兵的「學生伢崽」不知見過多少市面；臉紅其實只是「妓女」這個平時用不到的「學名」讓小紅覺得在婆婆家裡講出來有點犯忌諱，不免有點不好意思起來。

「呵喔妓女！對對對，一定是妓女！」該家愛大驚小怪了，她興奮地道：「晚上一直不停有人打電話到我們房間，我一說喂，對方就掛掉。一定是妓女打來的，接起來聽到我是女的聲音就掛掉。」聽見家寶質疑怎麼她沒聽到什麼半夜妓女打電話，家愛就駁回去：「你睡得那麼死，別說妓女打電話，妓女來敲我們的門你也不會醒！」

小紅臉上的紅暈還未從自己生平頭一遭使用「妓女」這個正式名詞的心虛或激動中完全褪去，就聽見兩個百無禁忌的台灣小姑娘在她婆婆的客廳中「妓女」長「妓女」短的爭論不休；小紅覺得臉上發燙，這個學名不知道為什麼比「婊子」還讓她刺耳；她不曉得現在台灣「妓女」都算俗稱了，董婆從良以前的這個專業現在在台灣正名叫「性工作從業人員」或「性工作者」，屬於服務業。

「妓女」、「妓女」的聽了一會兒小紅覺得有必要在台灣同胞前面捍衛本市的榮譽了，雖然她自己是這個話題的始作俑者。她提高嗓門道：「晚上打電話那也不一定是妓女，我們這裡電話也常常接錯線的囉。」說了自覺有語病，索性放棄解釋，趕快回到主打的換旅館主題，就斬釘截鐵地掛保證：「要說我們這裡有那種事，那也只有賓館裡有。那我們單位的招待所是乾乾淨淨的。」

「啪！」家寶用拖鞋打死一隻可疑的小蟲，給已是斑斑點點的招待所牆上再加一點。「我們怎麼會聽那個王小紅的話搬到這裡來？這叫『乾乾淨淨』？家勇哥說我們來這裡住她一定有好處，我們被騙了。」

「王小紅說得也沒錯啦，這裡真的便宜不止一半，而且晚上安靜多了，我睡得比較好。」家愛倒是心平氣和，只望著房門說：「今天怎麼還沒來送熱水瓶？」

「廢話！這裡房間沒有直接線，誰打進來吵你？民國幾年了！你看過打電話還要去櫃檯打的嗎？」家寶搶白完又問，「你等熱水幹嘛？」

家愛嘆口氣道：「我想早點睡，又不知道服務員什麼時候會跑進來換熱水瓶。」家愛衣冠楚楚地坐在房間裡等待從不敲門的招待所服務員。夏天裡她們的睡衣都是短褲和吊帶背心，招待所自然不提供浴袍，家愛心思細，怕服務員太土，以為台灣妹在房間穿的是內衣，就穿著外出服在房裡坐等。

家寶笑得翻倒在床上：「不會吧？這個我要記下來回去講給老爸聽。喂，你總不會早上也起來換好衣服等她來換熱水瓶吧？」家愛慢條斯理地點點頭，噘著嘴說：「真羨慕你到哪都睡得這麼死。唉！誰要我在香港亂買呢？只好在旅館上省回來。節省是要付出代價的。」她是姊姊，管著兩人的旅費。

正說著，自備鑰匙的服務員果然沒敲門就自己開門進來換熱水瓶。家愛說：「嘿，說到曹操——」兩人就望著那個年紀和她們差不多的在地小姑娘笑。服務員雖然不知道兩個台灣人「扯麼子卵談」卻懷疑是笑話自己，就面露不豫之色，手腳也重了。家寶就說：「麻煩你以後進來先敲——」

「砰——」服務員重摔上門算是回答了家寶的請求。家寶氣得揚言要去櫃檯投訴。家愛攔住她說：「算了算了，王小紅說這裡是國企不是觀光酒店，她們就這樣。早點睡吧，明天、後天都住李村，大箱子還要寄在這裡，等下人家不爽，把鼻屎抹在我們箱子把手上你也不會知道。早點睡吧，明天一早要出發去鄉下。」

帶兩個「高中」的孫女兒回祖籍祭掃是李謹洲老先生安排的探親之旅重頭戲。雖然李村離城區實際距離不算遠，因為公路一段段修築，那時還不完全聯結，除非像從前那樣騎馬、坐轎或步行，開汽車繞來繞去竟比去到省會還花時間。祭祖不是小事，即使做足準備，也是個三天兩夜的節目，城裡親戚就派了先遣隊回鄉打點安排借宿事宜。說來傷心，謹洲當年也是地方上響噹噹的人物，現在落到回鄉祭祖還要借房子住。他當縣長時老母親翻修了祖屋，可是揪鬥地主的時候謹洲家卻從老太太到孫子一起被鄉親掃地出門。鄉人趕走了主人卻無法決定誰家當得起偌大一個宅第，就算多幾家來分，誰住正屋誰住廂房也擺不平，一時之間誰也不服誰，鄉人們打破了好幾個頭，折了好幾條胳臂和大腿也沒個結果。本地民風剽悍，素有「騾子」的別名，幾個不姓李的就商議：「老子既然搬不進來你的房，就把你的房搬到老子家裡去。」原來帶頭的幾人打算偷著幹，不想風聲走漏，管他姓啥，四鄉都來拆磚卸瓦。不知道這算不算眾人同心其利斷金，反正一個幾進的大宅院就像變魔術一樣的不見了。等家愛、家寶來到的時候連遺址上也建了幾戶人家。

「這就是我們家以前的院牆。」共曾祖父的十房堂兄家勇指著農戶群聚中一爿高廣飛簷的牆壁向台灣堂妹們導覽，「我們祖屋就剩這面老牆了，是太平天國時候砌的，我爸說那時候我們李家也出了個人物，和你爺爺一樣了不起，把個房子造起，後來破敗了，到十二爹爹做了縣長又大修，照原來的樣子重砌。只這面老牆是原來的，因為每代都加固，弄得又高又厚，不好拆。這些人，」家勇指指依牆而建的房子，「把房子起在我們家的牆上，這片牆就留下來了。」

「哇，一面牆這麼大！這是圍牆吧？好像我們學校的圍牆喔。為什麼蓋這麼高一面牆呢？」家寶讚嘆著，遙想祖輩當年的家業。她和姊姊都是台北小孩，從出生起就住公寓樓，沒沾過地氣。

家愛說：「古時候大戶人家蓋高牆都是防土匪或火災的。老祖宗大概沒想到還能防鄰居來拆。」家愛看著僅剩的一片老牆，心中充滿著不屬於二十歲女孩的感慨；她從來不知道原鄉竟真有這樣一個祚胤久長的李氏大家族，更想不到的是在自己眼中窩窩囊囊的爺爺在家鄉竟然真是號人物；這都怪太多像謹洲這樣的外省人第一代在自己台灣兒孫前面「膨風」，誇大了自身的經歷或祖宗的家業，以至多數國共內戰時到台灣的外省家庭講起來不是國民黨權貴就是大資本家後代；從前反正兩岸不通，無從考證大人的牛皮，除了心存偏見的政客以訛傳訛拿去炒作議題分化省籍，窮酸外省家庭的小輩反而都是姑妄聽之。就像兩姊妹，李氏在老家的風光家愛聽是聽見家裡講過，卻從不往心裡去，說句不孝順的話，如果有得選，她多半會選年輕時在嘉義賣米的王永慶當爺爺，而不是年輕時在大陸當過縣長，卻把她沒開封的百貨公司贈品全不告自取拿回家鄉送人的爺爺。

一九九五年江南內地縣城的鄉下還沒有像現在這樣一塊塊水泥積木似的二層樓磚房，當時依李家老牆而築的都是泥土糊牆茅草結頂的農舍，幾戶都參差不齊地蓋在避風向陽的牆南，如果單看朝北的一半，那片高達二層樓，頂上疊著黑瓦片的灰白色牆垣屹立在泥地和藍天之間竟有牌坊般的氣勢。看著高牆想像著老家從前的大宅院，家寶聯想起總少一間房以致她常常得和姊姊擠一個房間的台北家裡，不禁問道：「原來這裡沒被拆掉的時候有多少間房間？家勇哥，你住過嗎？」

「我看都沒看過。」家勇感嘆道，「我小時候就在城裡了，我家裡窮得要命，六個人住一間房。我家只有我爸爸在老家出生，還住過大房子。要不是陪你爺爺這幾年到李村好多趟，我跟你們一樣，這裡的人一個也不認識。」

「勇爹！」依牆人家中出來一個老人向他們打招呼，「幾時來的啊？謹爹來的嗎？何得不來嗯屋裡掐杯茶？」

家勇上前兩步用土話回應，家愛、家寶自然不甚了了，只依稀聽懂「謹爹細伢崽」、「慎行」、「台灣細妹仔」。

「欸，他們是在寒暄不是在吵架。」家寶悄悄把自己的心得與家愛分享。

家愛瞪家寶一眼：「拜託，你到現在還不知道這裡講話就是這麼大聲？」

「不是啦，」家寶忙解釋，「這些人拆了我們家房子，占我們的牆和地，還把我們伯父和他奶奶趕出李村，這種不是仇人嗎？在台灣我們都帶西瓜刀過來了。」

家勇正好轉身回來，聞言笑道：「妹妹想吃西瓜啦？這個老者也姓李，不過早出了五服，自己說以前種過我們家的田的，他剛剛說還記得慎行叔小時候的樣子。那個時候來我們家鬥地主的人多了，有他沒他誰知道呢？」

謹洲這時也和十房老姪走過來聽見，就說：「我一生只朝前看，過去的就算了。」老姪嘆息道：「老家造新房二哀家真是花了好多心血的，我還記得她踩兩隻小腳——」謹洲真正回到故鄉後卻不願追憶前塵往事，尤其不能提及自己沒能盡孝送終，孤獨死在安養院的亡母，就打斷老姪的噓唏道：「算了！我就當被強盜搶了，被小偷偷了。」家愛從沒想過自己曾祖母是個小腳老太婆，來此前也無法想像那堵又大又老的院牆和上面無字的家族史詩；她環顧四圍茅屋水塘一片青鬱的田野，想到這裡竟是自己的原鄉，心頭忽然一熱，覺得爺爺帶她們來掃墓祭祖真是件浪漫的事啊。

家愛的浪漫情懷三十分鐘後在她向居停女主人借廁所時終結。

「帽低？」家愛驚嚇到跟著女主人說起土話來了，她瞪大眼望向妹妹：「家寶，她說沒有耶！」

家寶不信，慌忙上前比手畫腳幫助溝通：「廁所？洗手間？茅屎坑？」又轉頭向家愛求援，「爺爺他們怎麼說上廁所？」卻又急得不待家愛答應，自說自話道：「欸欸，解手，對對，解手——不對，他們說『改手』。」想到了，家寶又轉回去對女主人清楚有力的說道：「哪借借檸檬肢胳嗑那裡改手？」當然家寶以—為—她說的是「那姊姊你們自家去哪裡解手？」的家鄉話。

被叫姊姊的女主人按輩分恐怕是家寶的遠房姪孫媳婦，這下被台灣天兵姑奶奶的家鄉話笑彎了腰，只能喘著氣笑不成聲地說了一串兩姊妹完全摸不著頭緒的土話，然後快樂的跑了開去。一會家勇過來了，嘴角明明含著笑卻又面作難色的告訴她們：「鄉下的條件不好，這家還是新修起的，大修以前這裡是祠堂，所以寬敞些。這裡的睡房好些也新些，可是茅房比較遠，要過去田那邊，等下七妹仔她們過來了，教她帶你們去。」妹仔前加個數字的都是再下一代了，比如家勇的這個親姪女兒在他和自己老十房哥哥姊姊的子女中大排行是老七，就叫七妹仔。

家寶疑道：「那這家人自己很急的時候怎麼辦？」

家勇拿手一指不遠處的池塘，笑道：「到處都可以呀，這裡就不錯。」四面一望，看見旁邊還有一豬舍，就說：「怕醜，到那裡也行。」

家愛決定進豬舍解決她的問題。兩姊妹站在低矮的茅屋邊觀察；小屋裡黑黑的，聞到動物的臭味，可裡面什麼也看不見。家寶勸家愛：「等七妹仔她們來吧。」

「我不能等了。」家愛告訴妹妹替她把風，就像個赴義的烈士一樣的走進了小黑屋。

家愛出來的時候臉色很難看。告訴家寶：「我上好廁所的時候那隻豬動起來，我以為牠要攻擊我，我一慌就踩到——」兩姊妹同時望向家愛足下白色名牌旅遊鞋。

「那麼貴，還新新的耶。」家寶惋惜著，忽然想起問道：「你是踩到豬的還是——」

「閉嘴啦！」家愛喝住妹妹，一面雙腳互助踢掉鞋子，一面流下眼淚，無助地道：

「現在怎麼辦？這麼髒不能洗了啦！洗了我也不要了啦。」號稱有毛細孔會呼吸，夏天也透氣的名牌鞋，看得出來是劇毒入侵沒得救了。

家寶隨著流淚的姊姊默然片刻，忽然想到辦法，高興的說：「我們有帶拖鞋呀！外面也可以穿。我去拿給你。」

第二天家愛就穿著夾腳人字拖跟著爺爺並家鄉親戚一行人在田埂和小山丘上穿梭，到一個個近親長輩的墓前去祭拜行禮。稍後家愛兩隻光腳丫起了許多水泡，夾腳的地方也磨破了皮見血。到晚上吃飯時候家愛沒去，爺爺過來問起，家愛就哭了，說：「爺爺，我要回家。」

「想家了！」、「想爸爸媽媽了！」、「台灣那麼老遠跑來掐了虧囉！」、「多住幾天慣適哈就好囉！」下鄉後走到哪都跟著爺爺的一眾親戚紛紛講評起來，表示他們的了解和同情；除了認為小朋友離開父母一週以上思念成憂，也有摒除心理因素歸咎於休息不足，要客人多住幾天習慣鄉下悠閒的生活，更多贊同是旅途勞頓，「累了」，土話說法是「掐了虧」。事實上本地二十歲的大姑娘多半有婆家了，像七妹仔就是帶著已經成親，要等及齡二十二歲才能去登記的丈夫同來祭祖。鄉下早婚早育更普遍，背著、抱著嬰兒來看熱鬧的村婦比家寶年小的有的是。兩個好嫁人的台灣大姑娘在這裡裝小孩，李村鄉親戚們不看僧面看佛面，對謹洲的孫女特別包容，也把二妹當「細伢崽」。可也有人偷著不以為然地說：「台灣妹仔嬌慣了咧！」

INK PUBLISHING

讀者服務卡

您買的書是：________________

生日：　　年　　月　　日

學歷：□國中　□高中　□大專　□研究所（含以上）

職業：□學生　□軍警公教　□服務業

□工　□商　□大眾傳播

□SOHO族　□學生　□其他 ________

購書方式：□門市 ____ 書店 □網路書店 □親友贈送 □其他 ____

購書原因：□題材吸引　□價格實在　□力挺作者　□設計新穎

□就愛印刻　□其他 ________（可複選）

購買日期：____年____月____日

你從哪裡得知本書：□書店　□報紙　□雜誌　□網路　□親友介紹

□DM傳單　□廣播　□電視　□其他

你對本書的評價：（請填代號　1.非常滿意　2.滿意　3.普通　4.不滿意）

書名____ 內容____ 封面設計____ 版面設計____

讀完本書後您覺得：

1.□非常喜歡　2.□喜歡　3.□普通　4.□不喜歡　5.□非常不喜歡

您對於本書建議：

感謝您的惠顧，為了提供更好的服務，請填妥各欄資料，將讀者服務卡直接寄回或傳真本社，我們將隨時提供最新的出版、活動等相關訊息。

讀者服務專線：（02）2228-1626　讀者傳真專線：（02）2228-1598

廣　告　回　信
板橋郵局登記證
板橋廣字第83號
免　貼　郵　票

235-62

新北市中和區中正路800號13樓之3

印刻文學生活雜誌出版有限公司　收

讀者服務部

姓名：＿＿＿＿＿＿＿＿＿＿ 性別：□男　□女

郵遞區號：＿＿＿＿＿＿＿＿

地址：＿＿＿＿＿＿＿＿＿＿＿＿＿＿＿＿

電話：（日）＿＿＿＿＿＿＿＿（夜）＿＿＿＿＿＿＿＿

傳真：＿＿＿＿＿＿＿＿

e-mail：＿＿＿＿＿＿＿＿＿＿＿＿＿＿＿＿

INK

不管是不是如鄉人所譏誚的「台灣丫頭寵壞了」，謹洲決定如孫女所請，提早一天回城，可是眾親戚不依，因為次日要開祠堂。說來可笑，這祠堂其實原也給外姓鄉人占住了，初初兩岸開放探親時，鄉下堂房親戚遊說謹洲給點搬遷費討回祠堂，謹洲離鄉四十餘年是在外逃難不是做官，自然宦囊不豐，可幸那時鄉人胃口也不大，祠堂又經過上百年風霜外加幾十年缺少維修，已經牆傾圮摧幾近倒場，就給了住戶若干「保管費」，達成協議從他姓手裡收了回來。鄉下親戚再又慫恿謹洲出資修繕，而且只要他出材料錢，李村的李氏宗親出工分，重建這個家族共有的殿堂。謹洲算算所費，實在負擔不起，可是讓列祖列宗的牌位有歸，李氏得以福祚綿延這樣的大功德落到做為子孫的自己身上卻又無法推辭。如果勉強做成，謹洲心想，自己和祖宗泉下相見也能俯仰無愧了。謹洲就登高一呼，要李氏在外的子孫湊分子，自己更撙節挪用，東拉西扯，不顧家鄉兒子李慎思一家的大力反對，硬是湊了一千美金做了最大份，又賴皮先斬後奏地替台灣的慎行允諾捐五百美金，其他城裡親戚各也五元、十元人民幣不等，齊心來辦家族這件大事。不想重建後，祠堂反而正式變身民宅，只是這回住戶確實都姓李了。這些宗親也給謹洲和其他認了分子的親戚一個說法，那就是謹洲等人所捐的經費不如預期，不夠買所有建材，以至李村親戚不但出了力還出了錢，既與原議不符，出了錢和力而後搬過來住的李村宗親只是拿自己應得的一份，不算侵占。不過中堂一間祭祀大廳還是具體而微的恢復了昔日風貌，算做李氏公房，現由與謹洲共曾祖父的數房共治共享，因為屋脊高，地面又是百年石板，特別陰涼，平時有人專用來置放醃辣椒或泡菜的大罈子，祭祖的時候就清空私房雜物，擺上供桌香案，紅紙寫上列祖列宗名號往牆上一貼，嘩啦，一個流動李氏宗祠就橫空出世，可以展開祭祖大典。

主事這次祭祖的鄉下堂姪說什麼也要留住他們：「十二叔，天都夜了，勇伢崽又掐了酒，何得開回咯囉？」另一個也幫腔：「我們都搞好了的呀，牌位也寫了，香燭也買了——」

「是囉！是囉！」眾人七嘴八舌都來勸，其中一人加強勸留力度，說：「謹爹您老人家走不得！這次做了好多準備，我們還請了和尚來唱！」

「狗屁和尚！」謹洲忽然動怒，罵道，「家裡又沒有死人請什麼和尚！不要叫他們來！都是些假和尚！亂七八糟唱些麼子東西？對祖宗不敬！」本地幾十年無產階級革命對宗教這一塊鏟除得比較徹底，謹洲頭次返鄉遷葬母親就發現李村鄉親大力推薦的「高僧」俱是附近農民扮的業餘兼職和尚，可氣這些傢伙光討賞錢不敬業；頭都不剃，穿著袈裟卻戴著頂道士的帽子遮住頭髮，還不會誦經，拿個本子咿咿呀呀的唱像花鼓戲的段子。

「對祖宗不敬」的帽子扣大了，李村親戚面子上有些下不來，可是如果賭氣讓財神爺走了，開祠堂祭祖的開銷要找誰去報帳？

鄉下老三房一個堂姪年紀最長，出來做主道：「把和尚退了。」又把眼睛盯住眾人之中的一個不容分辯地說：「哪個請來的哪個請回咯。」轉過來躬身對坐在椅上的謹洲說：「十二叔，和尚退掉了。祠堂都準備好了，明天早上上了香再回咯？明天午飯就不掐了吧。」

謹洲知道這是底線，他要是真把三天兩夜的行程縮短成兩天一夜，不一定他哪房堂姪帳上要出現虧空。謹洲雖然上的是洋學堂，算他那個時代的「新派」，離開家鄉時畢竟也是三十五、六歲的青年縣長了，對封建大家族裡的貓膩只怕比他這些久經社會主義洗禮因而疏於練習的子姪還清楚。謹洲於是宣布今晚計畫不變，明日一早給祖宗上香後就回城，並清楚表示此事不得再議。眾人又發出嗡嗡之聲，卻聽不清是還有意見，或只是在做計畫臨時改變的善後安排。幾個對這次家族大拜拜做了投資，期望有回收的宗親飛快在心中計算自己的成本獲利率有沒有因為大隊城裡親戚提早回去受到影響。請了和尚的那個因為做的是無本買賣，損失的只是原來可以到手的佣金以及一點面子，反倒無甚所謂，比較感覺失落的是輪到承包明天中飯的一家，咕咕嚕嚕地念叨著自己可能的經濟損失。

次日一早開祠堂，上香的時候幾把香換來換去怎麼也點不燃。原先搶著上前點香的宗親在眾人催促之下惱羞成怒，罵道：「哪個哈性買的次貨！豆腐都敢賣肉價錢，太殺黑了！」他把香一扔，擺出「老子不幹了」的架勢，退了開去。無論品質良窳，「香」是在帳上的，扔了該算誰的呢？主事的老三房成員只好忍氣吞聲地把點不著的香撿起來，一試再試，還是枉然。謹洲雙手扶杖於前，臉色凝重，抬頭挺立大廳中央，隨便眾人亂作一團卻始終一語未發，顧自垂眉斂目彷彿在與祖先精神交流。

議論紛紛以至嗡嗡不絕的人聲隨時間過去漸漸沉寂下去，最終只剩老三房的幾個還在盡最後一點人事，弄出劃火柴的微弱劈啪之聲。原本亂得像菜市場一樣的李氏活動祠堂卻因這件讓採購團隊出乖露醜的插曲安靜下來，居然漸漸有了點肅穆的氣氛。

「開始吧。」謹洲終於抬起眼皮開了口。鄉下睡房條件不好，謹洲眼睛紅紅的像沒睡足，鄉下盥洗條件也不好，謹洲稀稀疏疏的幾根白髮沒梳妥，在夏日清晨的微風中微微顫抖。

負責此次採購的三房眾人如逢大赦，老堂姪尷尬地把沒點燃的生香分給家愛和家寶，卻不敢拿給謹洲。

謹洲對孫女道：「做子孫的孝敬祖宗，莫若自修。你們考了好學校，就是李氏的好子弟。這次你們長途跋涉，人來了就是誠心。我們空手行禮就好了。」說著自己朝香案方向三鞠躬。家愛、家寶拿著幾根似香非香的黑頭細棍不知所措，只得趕忙跟上爺爺胡亂行禮。唱禮的一時措手不及，等回過神來，謹洲已經轉身出廳，二個孫女緊緊跟隨在後。

「十二叔，十二叔！」三房老姪子追上去用告饒的聲音喊著謹洲，可是認錯道歉的話是絕不能說出口的。

「噯呀，你看弄個假香！三房裡這次真是搞得不好！」一個老的城裡親戚低聲埋怨著。

「那鞭炮還放不放呢？」年輕的一個鄉裡親戚問。

「哈性！弄好了不放你把錢？」中年的一個低聲怒罵問的人是傻瓜，又催促道：「快點放，等下都走了還放個屁！」

謹洲祖孫三人便在震天響卻又因品質不良時而要中斷重燃的鞭炮聲中走到了村口土路盡頭家勇停車的地方。家愛和家寶注意到爺爺濃眉深鎖，一臉的不高興。二人偷偷交換意見，咸認為是做司機的家勇遲到之故。三人等了好一會才看到家勇小跑步過來，一面說：「我個爺等下跟他們大車子回咯，我們先走。」

家勇發動車子，一邊解釋自己為什麼姍姍來遲，又為什麼他的父親，就是謹洲城裡的十房老姪，原和他們一起坐家勇車來的，現在要隨大隊。

「一隻雞要五十塊，我爺叫我把錢，我說『家興哥，殺黑殺到自家屋裡來了！一隻雞要五十塊！你何得不去搶？』」家勇講得眉飛色舞，似乎完全沒注意到謹洲的不悅與不耐；原來準備了今天大隊人馬吃午飯的六房不堪代墊食材的損失，賴著皮要把自己捨不得吃的雞鴨魚肉賣給一眾城裡親戚，既是買菜，雙方自然是挑挑揀揀討價還價，所以耽誤了出發時間。家勇笑嘻嘻地說：「我個爺拉我到一邊說鄉下窮些囉，六房三姑哀家可憐囉，十二爹爹這幾年也少跑李村了囉。我就把一百塊錢給我個爺說唉呀我怕了你我的爺呀，你只不要帶兩隻雞上我的車屙屎，我再把你一百求求你了我的爺！」

謹洲從鼻子裡冷冷地哼了一聲表示對這個話題的沒興趣，家勇也終於收到風，閉嘴專心在還沒鋪柏油的土石路上開車。兩個台北來的孫小姐兩夜沒睡好，也不管車行顛簸，很快在後座打起盹來。只有謹洲心裡煩，雙手緊緊拉住右側車門上方扶手保持身體平衡，用像受刑一樣的姿勢僵硬地坐在前座，老去的眼睛也紅通通的不知是在鄉下累壞了還是教李村的族人傷了心。謹洲大費周章下鄉祭祖原想教給「生在外面」的孫女敬天法祖，慎終追遠，上上中國傳統文化寶貴的一課，沒想到李村這些晚輩搞出這麼一場鬧劇。兩個孫女都是聰明孩子，就算一時不明就裡，回家跟父母一聊，一定會認為爺爺老糊塗，台北那個不肖兒子李慎行一定要把他對老父忤逆的批評，諸如「喜歡擺闊」、「過族長癮」等等先在女兒面前說一道，再打電話給在這邊的哥哥李慎思說一道，兩個不肖子再就一起批評老父親「喜歡被鄉裡人當成肥羊宰」云云。

「唉！」謹洲對著自己輕輕嘆口氣，心想人窮志短，馬瘦毛長，李村鄉裡人也是沒有辦法。其實以前謹洲在家的時候李村就一直有富戶救濟窮親戚的傳統。魚米之鄉的農戶一般不會搞到沒米下鍋，可是不到收成的時候可能缺點小孩繳束脩或家裡辦紅白事的周轉金，小地方沒有農會或銀行，那就帶上點自己田裡或池塘裡的土產去拜訪富裕的親戚，受訪者就用紅紙包適量的現金送給來「看」他們的宗親。富戶誰家會缺幾把漂亮的蓮子或一條特別大的鯉魚？可是給的紅包不但要多多超過禮物的市價更要「幫得上忙」。那時候的施者、受者一切都進退有規矩，哪像現在這樣祠堂裡就做起農副產品拍賣會來？最讓老人傷心的是人心變了，從前施的人懂得客氣保住告幫親戚的尊嚴，受的人也銘感於心全家老小記下這個人情，現在卻是漫天要價，就地還錢，要買貴了、買次了，那是買家蠢、「哈性」，再與人情義理無關。謹洲回到家鄉快滿三年了，不順心又不順眼的事真不少；電視劇裡出現頭歪戴帽、嘴斜叼菸，一口一個「娘皮」的國民黨形象角色，他還可以轉台，還可以關機，可是人心變了，社會變了，他的家鄉也變了，他一個過氣的老人就只能嘆息著練練字，寫寫「孤臣無力可回天」之類的句子抒發鬱悶之情。謹洲悲哀地想，他的時代真的過去了嗎？

謹洲兩手過頂拉得手臂、手掌都發麻了，車也開上了較為平坦的省道，謹洲放開拉手伸展一下，緊緊手臉，心中替自己打氣：「管不了那麼多了，下一代都管不了，還管下下一代懂不懂慎終追遠？自己一家都管不好了，還管李村鄉人懂不懂敬天法祖？至不濟我李謹洲也是直著身子坐汽車回來的，不是躺在棺材裡被抬進來的！」謹洲忘了，年輕時的他理想多麼崇高，他是中山先生的信徒，哪裡看得起只知獨善其身的鄉愿？既幸而能讀聖賢書又生在共和國，當然要「施行訓政」教化愚民，帶領鄉親走入實踐三民主義均富的新中國。現在他人生成敗總結的標準竟低至以自己是直的還是橫的回到出生地?!謹洲老了！

謹洲真的老了。那天從李村鄉下回到桃花井家中，累得不及注意董婆和兒子媳婦都在而且形跡詭異還不稀奇，可是沒發現自己書房中東西移了位，睡房大櫃中暗屜也給撬開了鎖，那就不只是累了或一時大意能解釋了。只怕謹洲是真的老了，老先生老眼昏花，自己家裡遭了賊也幾天都沒發現。

賊自然是內賊。小紅一干人倒是沒想留個犯罪現場在那兒等著人回家抓個正著，只是謹洲忽然提早大半天回來，他們來不及整理妥善。董婆心虛得說話牙關打顫，有慶更是躲進了廁所，不敢和陪同送老人上樓的家勇打照面，只有小紅很快恢復自若神色把坐也沒讓坐的家勇送到門口，嘴裡還說：「雖然如今這裡不一樣了，到底還是桃花井，勇爹你車子沒人看著我們不放心，不敢留你，否則何得教你不掐了夜飯走！」

家勇佯怒道：「中飯還沒掐呢教我掐夜飯！」旋又展開笑臉問安告辭一通，準備學他兩個先到點下車的台灣堂妹跳過今天誤掉的這一頓中飯回去補覺。等小紅送走三人都忌憚的李家勇，有慶還正想從廁所出來，卻聽見台灣老頭到處叫小保母，說要吃午餐。

小紅說：「妹仔說家裡有事，爺你又這幾天不在，我媽就教她回鄉下咯，叫我們過來陪她。」一面繫上圍裙向廚房走，可走到哪嘴都不停：「這幾天爺不在，沒有麼子菜，我媽是我個爺不在，伙都懶得開哩。唉咦唷，真是莫得麼子菜，爺煮碗泡飯掐吧？——不想掐泡飯？好好，叫有慶出去買碗米粉？有慶，有慶，這個人！掉到茅廁去了——」

小紅風風火火地拉著老人又問鄉下情形，又報告這兩天城裡小菜價錢，桃花井鄰居趣聞，以至謹洲累得吃完有慶買的點心後也倒下睡了。等老人鼾聲響起，小紅、董婆、有慶三人這才鬆了一口氣，先快快地輕手輕腳湮滅證據，再又關起房門共商大計。

「真是喝老子一挑！李家就那個李家勇能事，老子懶得搭講！」有慶搶著開場，他一直惦記著為自己躲進廁所的行為做個解釋。

小紅妙目橫掃丈夫一眼，她才是跟他「懶得搭講」。卻又等董婆也發表了幾句廢話以後，三人閉門會議才得以進入正題。小紅總結成果：今天成績不錯，雖然台灣老頭早回來半天以至來不及去銀行取錢，可是不比前面兩天瞎忙和，現在頭緒有了，要的東西都找齊了，剩下只要去趟銀行就辦妥了。有慶等錢用，要明天就去。董婆說老頭出去了幾天，小保母不在，家裡離不開人。其實董婆參和這事真是被兒子、媳婦逼上梁山，心裡是萬分害怕得罪台灣老頭。說起來也怪，跟過這麼些個漢子，只有台灣老頭沒打過她，可是她偏就最怕他，雖然跟老頭談不到一塊，也不知道老頭天天寫字呀，嘆氣呀，到底心裡想麼子，她就是想順著他，彷彿只有順著老頭，老頭心裡舒坦了，她就也喜歡。小紅看自己婆婆這時不行那天不敢的窩囊樣子忽然心裡有氣，嚴重警告道：「大櫃裡暗屜的鎖是撬過的，台灣老頭隨時會發現我們開了銀行保險箱拿了他的東西。媽我勸你，這事開了頭就不能停，李家是好惹的呀？親戚站出來一人吐口痰都把你淹得死！」看董婆嚇得臉都白了，又放柔聲音道：「我們是拿自己的錢呀，又不是旁人的，他們李家也要講道理的。錢在自己手上才當得了用，說是給你的錢不讓拿，就不能當用，台灣老頭做過國民黨的官的，知道人家是不是欺負我們是桃花井的呀！」

對，衙門裡出來的都不是好東西，就不把桃花井的人當人！董婆讓小紅觸動前情；想起從前一個警察，一個收稅的，那兩個就專門在桃花井欺負人，從來都是說了給錢又不給錢的。

小紅軟硬兼施，終於議定明天按兵不動，還讓董婆陪老頭一天，後天李氏家宴的時候董婆借故不去，小紅和有慶來帶她去銀行取錢。

怎麼搞到董婆取「自己的錢」弄得像作賊呢？這就要回溯到兩個老人成親以前的財產分配協議；謹洲當時同意除了出錢頂桃花井的這個房子用董婆的名字，每月還給董婆零用金八百，另外家用實報實銷，更有一筆五萬人民幣答應了給董婆養老。這樣的條件當時讓董婆母子喜出望外，小紅雖直覺上的有些疑慮，可是憑她三年前的見識，實在想不出以這樣優越的條件嫁掉六十多歲光會在她家裡吃飯的婆婆，自己這方哪裡可能會吃虧，也就沒有異議了。謹洲答應的條件一一兌現，只這一筆「養老金」數額既高，給的怎麼給，收的又怎麼收，套句時髦用語，卻是兩造認知不同。

結婚的時候沒有驚動任何人，連謹洲家鄉兒子李慎思一家都沒來賀。兩老冷冷清清，草草領了證，當晚謹洲心下過意不去，拉住董婆一隻手，心中感慨，想起東坡先生兩句詩，不禁吟哦出聲：「不念空齋老病叟，退食誰與同委蛇。」再又嘆道：「今後就是你陪我了，雖然如今我李謹洲在家鄉只是一介草民，你也是我屋裡的了。這樣的沒有排場是委屈了你，可是你要體諒我顧慮多。」董婆望著她的新夫婿微笑；台灣老頭說的每個字她都聽得清清楚楚，就是放在一起不大聽得出是個什麼意思。謹洲也看著這跟自己又陌生、又親近的女人，心裡說不出來的滋味，好像甜蜜卻又辛酸，可能像個寂寞的老人對住自己的寵物貓；她依著你，在你腳邊蹭來蹭去，可是聽不懂你的話。謹洲五十年前是新派，和子姪叫細十二叔的謹洲太太兩人是學校同學自己認識還經過幾年的自由戀愛，散了許多步，交換了許多封情書，把一生志趣與抱負都口頭並書面說明清楚後才談婚論嫁的。經過半世紀，即使這次二婚也算自主，謹洲反而老派地迎娶了一個自己不太認識的女人做妻子；像謹洲這樣走回頭路在台灣有個新詞叫「倒退櫓」。

那天董婆用謹洲先前下訂的錢置了一身新行頭，新做的黑色充羊絨西褲上面穿件百貨大樓裡買的唐襖；不敢穿大紅，暗紅緞面上盤了黑絲絨的龍鳳呈祥，像外銷甩貨。新燙的頭髮染得漆黑，和媳婦小紅一個師傅的手藝，圖年輕相，也是個頂上起糾的鴨屁股。董婆還買了點胭脂水粉化了妝，美不美「這個不好說」，可是臉上紅紅白白的確實比先前相親的時候水色好，人看了也挺喜慶。其實自從訂下和台灣老頭的親事，董婆就一腳踩上了雲端；非但再不用一個錢扳成兩個用，自己也能想吃什麼就買什麼，當然也不用上兒子、媳婦家蹭飯了；時不時給秀妹仔點零用，祖孫之間都親愛了許多。台灣老頭不在的時候，老太婆還嚷嚷獨住一個三居室的大屋太大了害怕，謹洲就教親戚從鄉下找了個小姑娘住家幫做家務。董婆這下生平第一次有了使喚丫頭，馬上把自己五十年以前被賣到桃花井娼寮做小丫頭的經驗派上用場，常常把垃圾袋打開來檢查核對蛋殼果皮的數量看小保母有沒有偷吃。

謹洲拉著婆子的手往自己身邊帶，董婆以為要香她面孔，不免垂下老臉嫣然一笑；她閱人多矣，男人哪怕八十歲他還是個男的不是？

「金花——你看！」老先生卻是懷中掏出一物，雖然沒有特別做出個身段，卻頗有點戲文裡薛仁貴對他寒窯裡的妻說「三姐——看寶」的調調。

謹洲手上是本藍皮小書，比董婆以前見過的小本紅寶書薄得多。謹洲告訴新婚老伴，先前答應的養老金替她存起來了，在中國銀行開了個美金定存戶頭，小書叫銀行存摺，到期憑證取款。因為他在的時候，一切家用歸他，這一筆既是留給董婆日後用的，就無謂拿現錢，懷璧得罪，遭人覬覦。中國銀行沒有聯名帳戶，謹洲特別指出存摺上寫的是她一個人的名字。董婆識字不多，自己名字還是會寫會看的，當下也細細辨識了小藍寶書上的名字以及金額無誤，雖然不清楚銀行種種，也還知道「中國銀行」是個效益好、後台硬、倒不了的國營大單位，甚至對教她不要拿著現錢顯擺，免得「得罪了隔壁」都完全可以領會。至於為什麼最後扯上別人的「醋鯽魚」？雖然不瞭，卻猜到是老頭跩文，並不重要；反正董婆直覺台灣老頭沒有騙人。也像薛仁貴亮過大印以後揣回懷中，謹洲讓董婆看過存摺以後收進新買大櫃暗屜和他自己的台胞證等貴重物品收納一處鎖好，鄭重收起小鑰匙。但是董婆還是真正從心中喜了出來；畢竟是她董金花此生第一本存摺，還是美金戶頭呢！

那時節美金匯率高的時候黑市是十元人民幣兌換一元美金，比官價的九塊幾高了不少。加上謹洲一生都是難民心態，只相信黃金和美金，連每月家用都教孫子潘信拿了美金去換。這倒真不是謹洲相信自己孫子，而是照顧孫子，讓孫子賺點黑市匯差做跑腿錢，畢竟潘信再不可愛也是自己親骨肉嘛。一開始，桃花井的人對銀行這個他們生活圈之外的機關單位是心存敬畏的，就沒想參一份，更何況董婆家用以外還有八百元零用金已經讓大家都眉花眼笑，人人過上好日子了。可是幾年日子很快地過去，中國也在改革開放的大旗下飛速躍進，不但百廢俱興，還百物飛漲，連內地這個縣城也改變了它的古城面貌；以前乏人問津的貧民窟桃花井也劃入了將來的商圈開發計畫；媳婦王小紅的被服工廠本業幾近停頓，就廢物利用以閒置的工廠園區和營造商做起合建的生意來了，兒子林有慶任職的肉聯廠原來是個肥差，可是公家不再壟斷副食品的經營後，單位效益一年不如一年，現在已經停止營運。還有大家叫秀妹仔的董婆孫女林秀秀，和家寶同年，初中畢業以後多半時間在家待業，專心做孫女。隨著日子一天天的過去，董婆一家祖孫四個漸漸習慣了台灣親眷的新身分，也開始對他們的李氏親戚們品頭論足起來。

「最不喜歡潘信哥，」秀妹仔向她媽抱怨這天在董婆家遇上謹洲正牌孫子潘信去送換成了人民幣的月費，「他說姓林的老在他爹爹身上打主意。我也不過是喀哀哀屋裡吹吹空調，講講電話，偏他那麼多空話。」那還是家愛、家寶來訪之前月餘；尚未進入盛夏，天氣卻已經熱得要開冷氣了。小紅恨道：「他個姓潘的主意打少了？」真是別人猶可，這個萬人嫌潘信就沒資格講閒話。小紅以城裡人的高姿態罵道：「去年還掏了老頭子六千塊學開車，他個哈性到現在還莫考到駕駛證！他一大家子不打台灣老頭的主意，難道靠潘信他老子三百塊錢退休工資活下去？那一家子就該回他容家灣種田！」

有慶老實，勸妻女道：「人家那是親的——」

小紅打斷丈夫，啐道：「親的人家姓李的又沒一個跟他搭講？賊頭賊腦，一點不孝順，每個月就拿錢送錢的時候去一下。」說起拿錢送錢，小紅遷怒到丈夫身上，數落起有慶來：「他一個農民，他都敢去換美金賺錢，偏你曉得怕換到假鈔票！」

這次卻是有慶有遠見；潘信終日打雁，果然讓雁啄了眼，他這個月送去給老人的人民幣竟有一半是假鈔！原來潘信美金買賣做久了，膽子漸大，專揀利高的，而不是有信用的買家去交關，就讓歹徒有機可乘。董婆拿了幾百元假鈔如何放得過前去請罪的潘信父子？自然一面呼天搶地，一面喚來兒子媳婦當援軍。五人當著謹洲的面爭執不休，推推攘攘，要不是對金主還有幾分忌憚，早就打起來了。謹洲置身這幾個只比嗓門大，卻不想講道理的市井之徒與無知農民中間，只能連聲叫喚眾人閉嘴，還要間中記住深呼吸，怕自己血壓上升過急，給這幫自家屋裡的無賴氣到中風倒下。左鄰右舍聽見吵嚷，忙來湊熱鬧，樓道上站一堆本樓名嘴邊打聽狀況邊評論，幸好屋中因為開冷氣關著大門，以至內外群眾一時不得合流，場面不至馬上失控。嘖，屋裡屋外，那場面真是亂得可以！可嘆身邊沒有侍衛，老縣長再有威嚴也難維持秩序。可不是，哪怕包公再世，也要叫喚「王朝、馬漢」才鍘得了人頭呀。謹洲情急智生，拿起自己平日散步用的手杖，嘩啦啦一掃，什麼菸缸、花瓶、相框等等能砸出聲音的擺件頓時碎了一地。眾人這才安靜下來，只聽見有慶最後情不自禁地叫了聲：「媽呀！真是喝老子一挑！」

謹洲沒有採納潘信的建議把假鈔夾在真鈔裡想辦法花出去，也沒採行小紅的建議去公安局報案把潘信以共謀的嫌疑關起來，而是由謹洲概括承受，補償損失，總之這個假鈔詐騙案到最後真正的苦主只他一人。然而結果還是得罪了親兒子這邊，潘信父子非但沒有感激謹洲代為「賠錢」給董婆，還撂下些狠話，悻悻然而去。潘信既然自行解職，換美金的差事就落到有慶夫婦身上。有潘信在銀行外面換到假鈔的先例於前，沒有經驗的二人就只敢乖乖地走進銀行讓人用掛牌匯價「宰」。小紅的聰明不是一般，一回生二回熟，銀行才去過一趟，就看出這個氣派非凡的大衙門其實和郵局、電信局沒啥不一樣。裡頭那些穿著漂亮制服坐在體面櫃檯後面的青年男女，雖然臉上做出「懶得睬你」的神情，只要耐著性子低聲下氣的磨，他們什麼都告訴你。最壞不過多跑幾趟，終究是辦得成事情的。小紅覺得銀行不再是個可怕的衙門，它只是一切照章程，然後那些章程每個銀行裡的人也只知道或者透露一部分，多排幾次隊，換幾個窗口，厚著臉皮多問問就會了。沒什麼難的。

偏是在小紅對銀行作業漸有認識之際，有慶得到一個好機會，昔日肉廠同僚找他做批發瘦肉精的生意，一萬元一股，要能一下認五股，就讓掛名當經理，每月還開八百塊工資。有慶找小紅商量，也想入個一股，賺點花紅，學學做生意。

小紅也覺得這是個好機會，還豪氣地加碼道：「人最要緊還是要有個『單位』，要入股就認五萬！搞它幾年哪怕生意不賺錢，我們也回本了。」兩夫婦手裡積蓄不過藏在床褥子下應急的幾千塊，怎麼也得留著防身。小紅足智多謀地道：「台灣老頭是不會借給你的，這件事只有找你媽。」

董婆手裡沒有那麼多現錢，可兒子和媳婦都知道她銀行裡有。有慶來軟的，向母親哭訴自己從農曆年後失去了「單位」的無依無靠與痛苦；小紅又嚇董婆，說一本存摺鎖在櫃裡兩年多，曉得上面還是不是董金花三個字？更何況有慶拿了工資是要給母親利息的，現在銀行說有利息誰見過呢？一來二去董婆給說動了心，有慶多大點出息，董婆是他媽媽還不清楚？董婆主要還是被小紅的理由說服了，就同意趁老頭帶孫女下鄉祭他們李家祖宗的時候打開大櫃暗屜「先看看」再議其他。董婆還暗藏了個賭氣的心，因為老頭每有他們李家什麼事，都不把她當「屋裡的」，說也不說，提也不提。像這次要出三天門，她還要勇伢崽講了才知道，教她心裡嘔得慌。於是老頭前腳一上車，董婆就打電話叫小紅、有慶過來開櫃裡的鎖。哪知這樣一件董婆想「看看」自己存摺的小事鬧騰了兩天半，沒個結果不說，還差點被提早回來的李家人逮個正著。

小紅三人在李氏下鄉祭祖的這幾天真是過得像〇〇七一樣緊張，並不比自覺在鄉下受罪的家愛和家寶吃香睡好。先是董婆不敢叫鎖匠，有慶又沒撬過鎖；起子、鉗子工具換了好幾樣，搞了幾小時才搞開大櫃裡暗屜。一開了不得，裡頭就些紙張文件和幾千塊做家用的人民幣和點零碎美金，哪有什麼董婆說的小藍寶書？董婆呼天搶地，要立刻趕到李村去找台灣老頭拚命。小紅、有慶也覺沮喪，反正一鬧開就要撕破臉了，撬抽屜搞得一塌糊塗也不去收拾。最後還是小紅心細，到了晚上鼓起勁把幾張紙仔細看了，跟董婆和有慶說裡頭有張單據是老頭租了個銀行保險箱，還把媽的名字也寫上面了，會不會是換了個地方收著呢？大家夥也想起來電視劇裡是看過富人在銀行租保險箱存放金銀物件的。

三人又興奮起來。第二天等著銀行九點開門就去了，帶去的保險箱單據說沒用，讓帶保險箱鑰匙來。這真不知是個什麼鑰匙，深怕老頭隨身帶走了，又回去翻箱倒櫃，把屋裡兩支不認識的鑰匙都帶了去銀行，居然真有一把書房裡找到的中獎。可鑰匙對上了，還要身分證，三人又跑回去拿身分證趕在銀行下班前進去。誰想理論了半天還是說只能讓董婆一人進去，說是其他二人俱未經授權。董婆抖抖縮縮，猶疑不敢去，拖延半晌，行員就說下班了，改天請早。等三人一出門，銀行人員就按客戶資料打電話到府找開戶人核實，還留了言在謹洲的答錄機上。

小紅那天晚上沒回家，和婆婆一床睡，做董婆的工作搞通思想；小紅教膽小鬼婆婆無論去哪裡，做什麼，都別分心去害怕，專心想五萬元是「自己的錢」。小紅一再告訴董婆，銀行哪怕是個衙門也是為人民服務的，又不是公安局或法院，沒什麼可怕。第三天幸好也是銀行一開門就去，否則台灣老頭回來了他們都還沒進家門。出門前小紅交給董婆一個大皮包，雖然三人都沒見過銀行保險箱什麼長相，小紅想當然爾是一個大傢伙裡面放著金子和鈔票，就叮囑婆婆道：「我們也不多拿他的。該五萬我們就只要五萬。」

管開保險箱的銀行職員每天換人當班，可能因為董婆等人這天表現得比之昨天冷靜有經驗，沒有強烈提出要三人同進保險室之類的無理請求，當班行員按章程核對身分證後要董婆簽個字，就帶著進去了。董婆一個人進去放保險箱的保險室磨蹭半晌後，提著大皮包出來，小紅、有慶急忙趨前問有沒有東西？董婆把個輕飄飄的包向前一遞，道：「喏，都拿出來了囉。」

保險箱只是個幾十公分長的扁平匣子，董婆花了很多唇舌描述她如何見機行事，又如何和銀行人員兩把鑰匙齊用才打開保險匣子。重點是打開後裡面又是一小包、一小包分別包著的東西，董婆緊張之餘索性清空匣子，免得漏了東西等下媳婦怪自己不會辦事。三人得手後急忙「打的」回家，關起門來查看，其中果然有一包是董婆的藍色存摺，連圖章一起放在一個透明膠袋裡。董婆看見小藍寶書無恙欣喜無比，以為這次任務圓滿達成，幾天辛苦沒有白費，冒險就此結束，渾然不知上了賊船就不容她想下就下了。

小紅知道董婆顛三倒四的靠不住，可偏這個糊塗婆婆是正主兒，辦這件大事少不得她。講好今天不參加李氏家宴，三人同去銀行取錢，萬一又跟著老頭去了就糟糕。小紅在老人小區門口成功攔截了家勇後，趕快上樓，果然看見董婆已經準備好了要和老頭共赴李氏為家愛和家寶送別的家宴。

「唉咦唷，我個親娘欸，我就是怕你喜歡掐酒又要跟我個爺咯囉！」小紅在大腿擊掌表示痛心。這樣直接了當地拆穿共有陰謀，董婆不及反應，只能呆立原地聽媳婦擺布。

「我個爺，」沒外人的時候小紅都是親熱地像叫親爸那樣喚台灣老頭，「我媽呢這幾天你老下鄉去，她人不舒服，胃痛——看了看了，看了醫生了，教她不能掐酒，飲食要清淡些——是呀是呀，我這不是今天班都不上，過來陪她啦？」

小紅一面說著，門口鞋櫃裡拿出皮鞋過來蹲下替謹洲換上，一面催道：「剛才上來勇伢崽已經在下面等了。」攙起老先生往外走，卻對董婆說：「媽你就好好休息，今天就不去，等哈我煮稀飯你掐點。你這個毛病又沒什麼，就是一個忌嘴。你等哈，我送我個爺下去就來。」又笑盈盈的跟老頭低語：「我媽就是喜歡掐酒，今天我們就不帶她去，要她在家乖一天！」謹洲就笑著被小紅牽著走出門。下樓的時候還聽小紅在那兒說：「明天一早我就來，家愛、家寶去飛機場前要到你這裡來的吵？我帶秀妹仔來跟她兩個台灣姊姊、妹妹說再見，今天是李家的席，沒有我們坐的……」結果老先生一個人上了家勇的車，到招待所接孫女吃酒去了。

這下摒除了障礙，應該順利取出屬於董婆的錢了吧？沒想到等小紅帶婆婆到銀行排上了號，卻被櫃檯告知這是個五年優利定存，銀行的人解釋給她們聽，現在解約取錢，利息上要吃大虧。董婆至此已經越來越覺這筆錢是自己的了，也證實了老頭是說話算話，沒想欺負她的好人，就只想把拿出來的東西通通放回原處，什麼事沒發生過一樣地回去過她滋潤的小日子。可是小紅不依；千辛萬苦才到手的東西，看一看就放回去是不可能的事！

三人那天在謹洲回來時收得匆忙，而且一眼就找到存摺了，其他保險箱裡的東西都還不及全部清點。這天時間從容，就把一包包物件打開細看。私人文件、證件，甚至幾樣小金飾，三人均無所謂，只有一包五十張百元美鈔吸睛。

「真是喝老子一挑！」有慶望著小紅手裡的信封驚嘆出聲，也表示自己識得外幣：「這麼多美金！還都是一百塊一張！」

「我說，趁老頭沒回來趕快送回銀行咯。」董婆一再催促，「給人知道了，我不得了呀！」一面伸出手去彷彿要奪回信封放回包中。

小紅身子一讓躲開董婆伸過來的手，瞪著眼睛說：「不該我們的不要，該我們的呢？」她把裝了美金的信封緊捏在手中，強詞奪理地繼續說：「台灣老頭三年前就答應了給五萬，我們媽才跟了他，誰知道他欺負我們不懂銀行的事，存心賴五年，我們現在拿他的都遲了，還差利息呢。」

「小紅，」董婆哭起來，可是說來說去就是那麼一句：「人家知道了，我不得了的呀！」

「那像金子是好東西吧？」小紅騰出隻手去掂掂那幾個戒指；跟原先與董婆結親時台灣老頭給她一家三口的一樣重，就說：「那我要我們拿他的嗎？我們不要他的金子呀！不該我們的不要，該我的才要的囉。」小紅說著也丟下金戒指，委屈地哭起來：「我是貪心的人嗎？——我不是貪心的人呀！——」小紅把裝美鈔的信封往有慶手裡一塞，涕泣道：「你們做好人，讓我一個人下十八層地獄！我做什麼不是為了這個家，想人家看得起我們？」有慶心一酸，也哽咽道：「小紅都是為了我這個悖時的。媽呀——你是嗯媽你不能見死不救啊！」有慶一面把手中裝美鈔的信封遞回去給董婆。董婆卻忙著淌眼抹淚，不伸手去接。小紅淚眼婆娑卻注意到這個細節，心知三人又上了同一條船，就從丈夫手中拿回裝錢的信封，清脆地道：「五千美金銀行裡還換不到五萬，算個整數，我們還算跟媽借了五萬，利息照五萬塊給。」她說著站起來拿手紙擦拭眼淚。

「媽呀，」小紅也給董婆幾張手紙擤鼻子，一邊勸她道：「其他什麼存摺、金戒指我們都原樣放回喀。老頭不會知道的。退一萬步等他知道了，就說我們跟他借的。借的又不是不給利息，比他把錢放在銀行保險匣裡生霉不強些？」這邊安撫了董婆，那邊又跟有慶說：「今天時間多，我把這裡仔細歸整一遍，你趕快帶媽喀銀行把東西送回喀。大櫃的抽屜也拆下來拿到家具行修修好，不要讓人看出來，看出來了我們媽不得了。」

董婆這是吃了幾年太平飯日子過得太好了，引鬼上門自尋煩惱；她原本想驗證台灣老頭對她的承諾，不想從犯給推成了首腦，聽小紅口氣，如果這事東窗事發，顯然只她一個會有「不得了」的後果。小紅和有慶錢已到手，借不借不過是一句話的事，如果董婆真和台灣老頭鬧到「不得了」，那她的存摺現在又怎麼能放回去？存摺和美金都拿了，為了幾個金戒子和些破文件再上銀行冒趟險究竟值不值當？「小紅，」董婆哭鼻喪臉地說，「包包暫時先放在家裡面囉。這兩天銀行跑了幾多趟，我如今想了還要喀，心裡怕得慌。」

次日一早家愛、家寶收拾好行李由家勇從招待所裡接來向爺爺辭行，小紅一家果然也都早早來到，還帶了市場買來的涼粉、米粉、肉燒餅、酒釀雞蛋等等各式早點，說是她盯著做的保證乾淨衛生吃了不拉肚子，堅持要二姝品嘗本地風味小吃。小紅兩母女加上董婆兩母子四個人又說又做，哇啦啦、鏗鏘鏘，瞬間屋裡熱鬧成一片。董婆兩母子還正忙擺桌子，小紅母女就親熱地拉著家愛、家寶和陪同上來的家勇坐上飯桌，問長問短招呼飲食，反而謹洲坐在一旁閒人一樣沒什麼話說。家愛就留家寶一人在飯桌上和小紅母女糾纏，自己走到客廳挨著老人坐下，問爺爺還有什麼吩咐。

「打電話叫爸爸媽媽來玩了沒有？」謹洲慈祥地問家愛。

「打了電話了。」家愛含糊地道，「前天打的。」自然不會提陽奉陰違叫爸媽別來的事。

「要是你們一起回來那有多好啊！」謹洲感嘆道，「走了想爺爺就打個電話，你爸爸很少打電話，你們多打打電話，免得爺爺掛念。」

家愛趕快替爸爸慎行辯解道：「爸爸說他跟慎思伯伯常通電話，所以爺爺的情形他都清楚，知道爺爺身體很好，說是回來以後都沒看過醫生。」

謹洲搖頭道：「這裡的醫生馬馬虎虎，看不看差不多。」旋又微笑地說：「爺爺自己的身體自己知道，就血壓高點，我是久病成良醫，自己知道怎麼招呼。我底子好，你在鄉下山上還走不過爺爺呢。總之你們回去了一定要常打電話，七十不留宿，八十不留餐，希望你們下次和爸爸媽媽一起來的時候爺爺還在——」

「爺爺——」家愛不依地喊起來。

家寶滿腔離情讓她對美食失去了平日的熱情，又感小紅母女虛情假意心中不耐，一直豎著耳朵在聽著姊姊那邊和爺爺說話。這下忍不住索性離座撲向沙發上的爺爺，她和爺爺長得像，也更親厚。家寶也不管自己這麼大個個子，抱著爺爺就像小時候那樣撒賴地哭起來：「爺爺你跟我們回台灣啦——這裡不好啦！我不要留你一個人在這裡——」

謹洲這時又成了老派，不習慣被個大姑娘這麼勾著脖子，就輕輕掙開束縛，拍拍家寶的手說：「這裡是爺爺的家，爺爺不走了。你是大學生了，還那麼愛哭怎麼行！捨不得爺爺就每年來看看。我身體好得很，董奶奶也照顧得好，我要活到九十歲沒有問題。」

家愛本來妹妹一哭自己淚水就在眼眶裡打轉，聽到爺爺說要活到九十歲，算算減掉老人今年的八十三只剩七年，就也哭出聲來。兩個孫女兒一人抓住著爺爺一隻手抽抽搭搭，屋裡另外四個在地的哭點都低，不關他們什麼事也聞聲掉淚，只有家勇一面擔心自己新車在樓下停久了不安全，又注意到謹洲臉有慍色，知道年紀大的人忌諱這樣哭哭啼啼，趕忙出來打岔，說路上修路，路況不佳，如果不吃了，最好早點出發。趕不上飛機事大。眾人聞言重又互道一番珍重，終於謹洲親送二個孫女下樓上車，祖孫灑淚揮別。

「兩個妹妹不要傷心啦！」車子都上了省道，家勇看家愛、家寶雖已停止哭泣卻還未收淚，想起接二人來時多了個萬人嫌的李潘信在車上，大家還一路嘻嘻哈哈講講笑笑的情景，實在不願回程這麼低氣壓，就勸慰道：「十二爹爹身體很好你們自己看見的。講句良心話，我們親人儘管再不喜歡，也要承認桃花井婆子這一家對十二爹爹也是滿巴結的。你們在台灣的親人不要擔心，這裡像十二爹爹講的，是他自己的家呀。」

「哇爺爺呀——」家寶聞勸卻大哭出聲，她可不覺得董婆家是爺爺家，「我不要留爺爺一個人在這裡，我要帶他回家回台灣啦——」

家愛也和妹妹抱頭痛哭。「李谷二仙」心意相通，都覺得她們留下爺爺在一說不出哪裡不對勁的「險地」，可是二人年小力薄，還連個理由都說不上來，爺爺既救不出又帶不走，自然傷心，什麼都不能做，就只會哭了。可是這樣沒個說法的胡鬧，豁達如家勇至此也有些不悅了；覺得兩個台灣妹仔是不是有點瞧不起自己的祖國家鄉？台灣不過是蔣介石搬了全中國的金子去，除了富些台灣屁點大又有哪麼好？十二爹爹選擇落葉歸根回到自己的家鄉，兩個妹仔哭得像是把十二爹爹留在賊窩裡了。真是豈有此理！

「真是豈有此理！」差不多同一時間謹洲也正在銀行裡對著行員發火。家愛、家寶前腳走後不久，董婆一行四人也說要買菜什麼的先後出去了，留下謹洲一人在家等今天會回來上工的小保母。謹洲到書房裡摸東搞西，無意間注意到書桌上答錄機閃著信號燈，聽到數日之前的銀行留言，不禁大熱天嚇出一頭冷汗，匆匆拿了保險箱鑰匙和隨身攜帶的台胞證趕往銀行，卻開了一個收拾得清潔溜溜的空保險箱，不免找來銀行人員理論。銀行職員一個推一個，扯了老半天，就是沒人能夠說明保險箱財物為什麼不翼而飛。理論良久，銀行終於發現這個老頭不容易打發，只好請入經理室中坐下奉茶。銀行經理出面又從頭了解情況，謹洲投訴既然有人打電話找戶主核實就是感到來人可疑，可是為什麼查證時又只留言在機器上就放人入庫，以至客戶財物被盜，這是銀行失職。

銀行經理照例推脫一番之後，終於做了簡單的內部調查，不久就出示董金花申請表上歪歪斜斜簽名，表示銀行一切按照程序無誤，如果客戶堅持是盜竊，就只能報公安處理。謹洲雖然焦急萬分，心中也漸漸清楚這是家賊難防恐怕確實不是銀行的責任，感覺被背叛的氣憤一下子湧上來，盛怒之下忘記了自己的血壓需要特別注意。謹洲從椅上一躍而起，想叫銀行經理即刻報警，可是張嘴無聲，只旋覺頸脖無力，頭就慢慢垂了下去，在完全倒地失去知覺之前，他彷彿聽見有人尖叫：「么么九——快打么么九——」

那時手機還不普及，消息傳遞緩慢。這邊謹洲在銀行忽然腦充血昏迷送醫之際，家勇正在從機場回城的路上，一邊開車，一邊心裡還在想兩個台灣堂妹高高興興的來，卻未能讓她們也高高興興的回去，真是遺憾，不過客去主人安，這兩個星期做她們的地陪，出車出人，正經生意耽誤了不少，回家要和兼職公司會計的老婆核計核計怎麼向十二爹爹報帳才能彌補損失。

家愛和家寶也正慨慨地登上下午兩點飛香港的班機，不但來時的興奮完全消失，連回家的喜悅之情也被離愁別緒全部取代了；兩人經過這一趟探親之旅好像忽然長大了，兩星期前嘰嘰喳喳一路講不停的「李谷二仙」沉默地坐在位子上，彷彿都有心事。

時及一九九五年，省城國際機場也已名實相符，不再只一天一班飛香港的班機，除了航線增加，航班也基本準點了。兩個探親歸去的台灣孫女在飛機起飛時看見的已不再是當年謹洲一人風塵僕僕往返兩岸時灰塵四起的大工地了；機場綠化有成，跑道兩旁青青的草地在飛機拔起時成了綠色的絨毯。專心看著窗外的家寶可能又想起一個人被留在家鄉的爺爺，不捨的眼淚順著兩腮緩緩流了下來。

兄弟

「慎思——哥——」慎行趨前認親；三歲以後沒有叫過的哥哥呀，
他心中酸楚，面對陌生的親人卻無淚可流。
慎思生硬地點頭答應，看見比自己高大體面的弟弟，
心中也萬分激動，卻只說：「慎行——弟弟——」

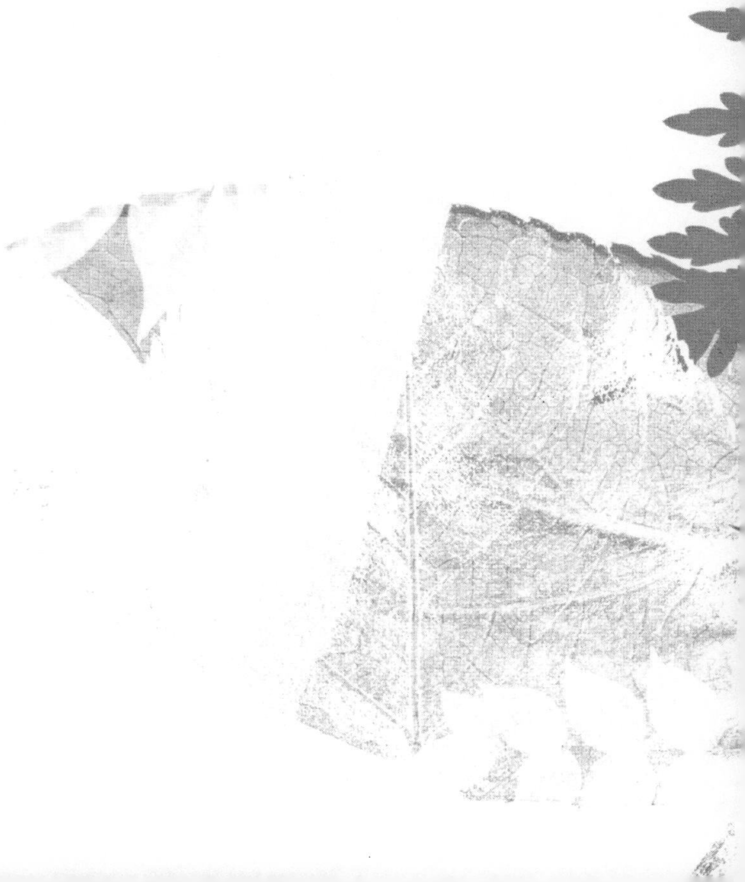

家鄉街坊背後叫「台灣老頭」的李謹洲老先生在睡夢中病逝桃花井家中；算虛歲享年八十九，屬喜喪，而且此前老人已經癱瘓臥床，幾年間數度傳出病危；親人對老人辭世早都做了充分心理準備，以至老先生過世的消息似乎沒有帶給大家太多傷心與驚訝。那天清晨天將黎明，與謹洲一房睡著的他在家鄉討的續弦，董婆董金花，先被老人越來越沉重的呼吸聲驚醒，趕快打電話通知謹洲民國三十八年逃離家鄉時沒有跟著去台灣的大兒子李慎思，慎思就匆匆帶著老婆兒子趕來桃花井送終。慎思老婆潘氏素與公公不睦，兒子李潘信的態度隨娘，一進屋只往老人睡房門口站了一站，娘兒倆就坐在客廳等消息，留下慎思和董婆站在老人床前淚眼婆娑地等待那重要的一刻來臨。算上這一次，董婆已經是第五度做未亡人，加上不列入記錄的，送終經驗不可謂不豐富，恐怕一般年輕醫生也沒她看得準。果然，慎思一家被通知到來後也不過等了一刻鐘左右，臥房裡就傳出淒厲叫喚，客廳中的二人像觸動機關一樣地彈起身，衝向臥房。潘氏更依本地農村習俗，也不看看天還未大亮，起步行動之間就高聲唱起七字一韻的哭調送亡。哀歌很快驚動了左鄰右舍上下樓層，在本地親屬紛紛趕來見最後一面的時候，這棟建於西元八〇年代內地縣城的老公寓樓已經鬧鬧哄哄，很有幾分喜喪的氣氛了。

人多固然好辦事，可是嘴雜意見也多，謹洲人世間的最後一個程序就在家鄉各方親友七嘴八舌時有爭執的情況下當日走完。到了夕陽西下時分，黎明時分還在床上出氣多進氣少的老人已經化成了灰，封存在一個土黃色的陶製罈子裡，交到了兒子李慎思的手上。

火葬場是山腳下一個鐵柵門圈起的院落，就在市郊公墓區的入口處。還不到下午下班的時間，黑色鐵柵門敞開著，一條淺灰色的水泥車道把院內長了幾叢綠色雜草的棕紅色泥地一分為二，筆直地通向近山邊幾間黑瓦白牆藍色梁柱的房舍，再往後一點，襯著陡峭綠色山坡的是一支聳立的黑色大煙囪。這兒雖離人口爆炸的縣城市區不遠，附近卻難得的沒有什麼人煙，只見旁邊比丘陵略高的墳山上整整齊齊一排排面西的墓碑還映著夕陽餘暉，不當西曬的山腳下火葬場這時卻已經漸漸陰暗下來。

慎思雙手捧著父親的骨灰罈，和兒子潘信並肩走出火葬場。慎思左右看看，這一帶顯然不是出租車會來兜生意的地方，不禁心下有點後悔中午把親族中屬於有車階級的李家勇也隨其他親戚一起罵走了，現在看來得捧著骨灰罈坐公車或走路回城。

「爺你罵人不打緊，現在到哪裡去打車？」李潘信心中和父親想到一起去了。他一面說出二人心聲，一面手指骨灰罈，用不以為然的口氣道：「帶這麼個東西，人家何得讓我們坐公交吵？就該把點錢寄在那裡等台灣叔叔來了再——」

慎思惡狠狠地瞪兒子一眼，怒聲打斷他道：「畜牲！『這麼個東西』是你爺的爺——是你爹爹！畜牲你何得不說點人話？」

潘信一下子給罵矇了，這個罈子裡化成了灰的老東西今天以前還是他家的階級敵人，是他心中和國民黨狼狽為奸，魚肉鄉民的土豪劣紳形象化的活見證；過去多年他已經習慣照三頓詆毀，而且罵的有創意還會得父母嘉獎。潘信一直記得他的台灣爺爺還沒找到現在這個董婆，可是到處宣稱要在家鄉找個「堂客」的時候，他們一家在背後講老人閒話，講得興起，他一下說溜了嘴：「台灣爺爺八十歲了性慾還那麼強哦！」沒想到父母不但沒見怪，他爸更在跟他台灣叔叔李慎行打電話的時候複述了一遍他的話；父母的這種反應無論在幾歲的子女眼中都是以行動表示認可，那個土話裡沒有的詞彙——「性慾」，對那時剛進城的潘信而言真是活學活用得新鮮刺激，就算鄙薄的不是他心中等同「國民黨＋土豪劣紳」的自己祖父，光說說都可以讓人興奮得臉紅，更何況父親還再三引用？潘信對台灣爺爺的態度因而從此定調。多少年就這麼過了，他爸爸現在卻來個一百八十度大轉彎；潘信不免納悶，老人活著的時候自己父母背地裡是這樣的態度，怎麼人才死了半天，就成了祖「仙」？看他爸爸捧著骨灰罈悲傷恭敬的樣子，怕不還要把個嚇人的罈子弄在家裡供起來？

慎思果然不顧潘氏母子的反對，把骨灰罈在家中供奉了起來。沒有供桌，慎思拿條長板凳加高，自製了一張簡易香案擺著正對大門，把骨灰罈恭恭敬敬放在正中；過兩天，又拿謹洲台胞證上的相片翻照放大，配個框子高高釘上罈子上方牆面；房頂矮，釘子釘得太靠近天花板，留的高度不夠，相框被迫掛得有點向前傾斜，照片裡的謹洲也就成了個俯視之姿，天天看著他這一屋嫡親的後人。每天慎思不忘供杯清水，自己的菸盒也放在案上，不拿菸來抽的時候，也有一點供奉香菸的意思，有時蒸了一碗臘豬頭肉，吃以前也在案上先擺一擺才開動，他記得父親也好這口。慎思八、九歲時就和祖母一起被掃地出門成了真正的無產階級，十三歲報大年齡做了築堤的苦力以後就再也不去想自己八歲以前有父有母還是縣長少爺的日子；幾十年來他在無產階級專政的社會裡生活了一輩子，早就是個徹底的無神論者，並沒有什麼死者為大這些封建的想法，對於早年將他無情拋棄，顧自逃命的國民黨縣長父親身後，他做孝子能夠做到這個分上，慎思自己都很感動，不免一再在電話中向人在台灣準備遷移母親靈骨回鄉與父親合葬的弟弟慎行提起；雖沒挑明，也確實有點連自己都難以承認的向弟弟邀功、尋求表揚的念頭。

「從天光一直走到天黑，那裡打不到車的呀！」火葬場回去那天慎思和潘信無奈徒步回家，下午四點離開火葬場，晚上九點才到家。本來是能走的人，可是從農村搬進城裡多年，已經缺少練習；那天也確實辛苦，不比在鄉下是赤腳踩在軟泥地上，城裡走路穿了鞋還走硬邦邦的柏油路面，兩父子腳底都走得起了水泡，別提還捧著個沉沉的陶罐。「捧著我個爺，也不敢坐公交，走得苦啊！我就想我的命苦啊，爺娘老子拋棄了我，我現如今還替爺送終啊，看著他斷氣，替他抹澡，把他燒化，捧著他一路走了八個鐘頭，走得腳流鮮血啊。我邊行邊哭啊，我說『爺，你跟我回咯啦！』——喔喔喔。」

不如以前講到這裡兩兄弟就會同聲共泣，慎行竟然只咿咿哦哦，明顯像是應付一般。慎思一個人寂寞地乾嚎數聲，難免心中不悅，暗想老子一個人替你料理了兩個人的老頭子的後事，骨灰也丟在我家裡幾個月，老子替你做了這麼多事，你好像還不耐煩一樣。正想得快要翻臉，卻聽那邊慎行說：「我這邊手續都辦好了，等大女兒學校放聖誕節的長假，她從美國過去，我們從台灣帶著『媽媽』過去，兩邊配合行程很麻煩，這兩天等機位確定了我打電話告訴你。哦，你要是沒有特別的事暫時就先別打來了，我家裡事多，還要安排行程訂機票什麼的，很忙。可能找我也不方便。」

兩兄弟掛上電話，心裡都不痛快。慎思家門戶淺，他講電話的時候，潘氏母子都在旁邊聽著。講完話一收線，三人就即時評論分析一番，齊心往壞處去揣測。最後得一結論是台灣的李慎行嫌他們這半年來打多了對方付費電話，不高興了，所以態度冷淡，還要慎思以後少找他。台灣親人不看重親情只在乎花了多少銀子固然可氣可鄙，可是帶著鈔票的親戚來訪有期，而且專程來辦父母合葬的大事，卻更教人興奮；慎思一家乃就新話題重啟議論，潘氏再三叮嚀丈夫，這次一定不能再讓「別人」像以前牽著老頭子那樣牽著他弟弟走。潘氏在家庭會議結束前做出結論道：「不然好處都落到旁人家裡去了。」

在台北家中的弟弟慎行掛上電話後沉著臉坐在電話前良久。他對自己這個在國共內戰時，陰差陽錯以致沒有跟隨父母逃離家鄉的哥哥慎思的感情在這幾年之內已從親情、同情、不解、不耐，降等到了厭煩的地步。父親幾年前中風，老人選擇長住家鄉，因為和台灣長期照護的費用相比，父親自己的安排所費低廉到讓慎行不至增加負荷，慎行做兒子的當然樂得聽話。老人辭世以前慎行也跑過好幾趟去老家探親，雖然每次停留時間有限，老人也一次比一次說話更吃力，更不清楚，做兒子的卻漸漸對父親返鄉後的心境、處境、想法、做法，從一味地埋怨、反對變得越來越了解，最後甚至到了佩服和感激的地步。老人過世後，他常常回想幾十年來父子相處的點點滴滴；謹洲這個遭慎行怨恨多年，認定沒有能力、拖累家庭、不慈祥、不公正，背了「匪諜」罪名以致禍及妻孥的倒楣父親，卻在兒子的追思之中形象漸漸高大起來。可是這樣一來，慎行和哥哥慎思之間，自從八年前老父續弦念起以後，建立於齊心反對老父在家鄉「親疏不分」出格行為上的難兄難弟之情竟也變了調。

「媽的！他這次走了八個鐘頭！」慎行罵出了聲。慎思每次講起捧著父親骨灰走回家時都主動加鐘，從四、五個鐘頭到六、七個鐘頭越講越久，慎行一直隱忍，現在知道原來「八」是自己能忍耐的最大數。想想剛才好像電話那頭還有其他人在旁打插，雖聽不清內容，想也知道是潘氏母子插花講閒話，不免又罵出了聲：「媽的！他們都當別人他媽的是傻瓜！」這半年來姪子潘信一直纏著要他台灣叔叔資助二十萬人民幣買輛車開出租，潘氏更言之鑿鑿地告訴小叔子那是他過世前早已不言不動老爸的「遺命」。

慎行的太太從內室經過客廳到玄關穿鞋準備去醫院換她自己母親的班，並沒有太注意丈夫的行動與神色。她彷彿聽到丈夫罵「媽的」，可是兩人一整天還沒說過話，不可能有她什麼事，現在她自顧不暇，連動問的力氣也要省。慎行的老丈人住院大半年了，慎行太太能請的假都請了，最近只能白天上班，傍晚去替換母親照顧病人，每天搞得焦頭爛額，別說自己先生只是自言自語地罵街，恐怕指著她鼻子罵，她也沒力氣回嘴。慎行太太當下只含糊對空說聲「出去了」，就匆匆出門，連慎行在門關上前對她說送自己母親遺骨去大陸和父親合葬的行程已經決定了在年底也沒聽見。

慎行這年為父親跑大陸兩趟；晚春那一趟算去送終，計畫中的這一趟是去出殯。一件喪事分成上、下二部進行，是因為慎行上半年那次特意趕去送終卻沒送成。當年直航未通，兩岸距離雖近猶遠，旅途勞命旅費傷財，分居兩岸的小老百姓家裡要有急事更是緩不濟急。慎行既已專程去見過父親最後一面，本地又有立即燒化自然死亡遺體的法令，老人身後事就從權；慎行和哥哥慎思議定把父親出殯與母親遷葬家鄉兩件大事一起拖到下半年合併辦理。

謹洲過世前幾個月，董婆電話裡告訴慎行，醫生又說差不多了，要家人準備。沒理會董婆還說了依她看會拖一陣，慎行再度信了醫生的專業意見，趕著買了機票去送父親的終。他到的時候，謹洲已經完全臥床不能行動或說話，董婆帶了慎行到老人床邊大叫道：「曉得哪個來看你啦？」床上已經縮小了好幾號的枯槁老人奮力發出兩個含糊的音節，董婆一臉笑意地讚許道：「對啦，是嗯地細伢崽——是慎行——他從台灣來看你啦！」轉過臉來驕傲地對慎行道：「他曉得你來了。他什麼都曉得！」

看起來這次不像五年前的假警報；慎行以為隨時要替老人送終，沒住賓館，就在老人桃花井家裡的書房開鋪，可是轉眼十來天卻無所事事，只能背著手看董婆像照顧一個嬰兒那樣照顧著他年邁癱瘓如同植物人一樣的父親；日子就在讓慎行感覺身處異鄉的故鄉裡，每天張羅吃喝拉撒睡中迅速溜走；天天一成不變無聊得讓慎行差點忘了自己此行的目的。有天趁董婆出去拿藥，他問：「爸爸，送你去醫院好不好？」老人就發出憤怒的嗚嗚的聲音。他又問：「留在桃花井讓阿姨照顧你好嗎？」老人就神色頓霽，嘶吼出一個可能是「好」的單音。直到慎行半月假期用完，老人雖然不言不動更像株植物，生命跡象卻始終旺盛，起碼同他到那天相比並沒有不同；董婆一天不知餵幾回蔘湯、米水，換洗多少尿布、衣褲卻也不見厭煩。眼見送終無期，慎行自己在台北的家裡倒有了狀況；前兩天老婆在電話裡告訴他，他的老丈人忽然昏迷住進了加護病房。慎行心想自己泰山泰水好像約好似的，這幾年只要他的父親有事，岳家也就有事；他和老婆大半生就忙著照顧了小的再照顧老的，年過半百都還沒有過過自己的日子，真是後中年兒女的悲哀。

慎行就跟哥哥慎思商量：「我也不能在這裡這樣等下去。」下面沒出口的半句是，好像天天在盼著自己父親掛掉一樣。

慎思點頭表示理解，一面說：「是的呀，你堂客個爺在台灣也住了醫院，你當然要趕著回咯囉。」

慎行怎麼就覺得這句話聽起來不順耳，可是經驗告訴他別跟慎思在字義上認真，就繼續說自己的意思：「我就不改機票了，」本來買了回程可以更改的機票，打算著送走老父就加請喪假，把事辦了，沒想到會像現在這樣拖著，「可是萬一我一走爺就不好了，你就要多擔待。我台灣單位、家裡，都不是說丟就丟得開的。」頭次慎行趕來送終就沒送成，從那時到現在，都有五年了，所以這種事醫生也未必說得準，慎行不能無限期地等下去。

「你放心，我再窮再莫得錢，也會替你辦這件事的囉。」慎思覺得自己答應得像是個哥哥。

慎行覺得這句話聽起來也不對，忍不住說：「是替我們兩個的爺辦事。」還有忍著沒說的是，難道要死的不也是你爸爸？

慎思這次沒反駁，因為他說話的重點在「莫得錢」，無論是一個還是兩個人的爺，沒錢不好辦事是硬道理。慎行拿出一疊人民幣說：「我這次來住在桃花井，除了飛機票沒花別的什麼錢。這裡有幾千你先拿去看著辦。爺的生墳是早就把了錢的，維修的單據在勇伢崽那裡，十房裡替我們爺做事情都有帳的。」勇伢崽是有車的那個堂姪李家勇，他幫謹洲做了事要開銷，都記流水帳交到桃花井，這些年都是慎行來了，董婆就交給慎行看帳。

「他們十房裡的就會哄老頭子高興，曉得他真帳假帳？」慎思撇著嘴道。一面收起鈔票，順帶拿出菸抽，也敬弟弟一支，看見慎行搖手，就冷笑著說：「哦，那我這個便宜菸你是不抽的。」

「我戒菸了。」慎行硬起聲音道。

「戒麼子菸囉？」慎思不屑地笑，「就你們台灣人花樣多！」說著專心吸起菸來。

兩兄弟在慎思的小客廳裡沉默下來；房還是十年前父子重逢後謹洲替大兒子頂的老公房。西元八〇年代初，中國從長期的內部鬥爭中醒來未久，領導班子驚覺到人民除了政治還有民生的需求，那時候本市解決住房問題是增加面積先於美化市容，造的老公房都是經濟實用的方形水泥盒子，留著灰撲撲的水泥本色，水電管線常是明管走在外牆上，這種急就章雖然不符現代建築工法，可是既省工，又方便維修，那時中國不富，只求簡單、快、省錢，能解決迫在眉睫的住房緊張問題就行，於是各個單位自行挪地加蓋職工大院，一下子平地起了許多蓋得不甚講究的六、七層單位樓房。本地職工樓很多都像慎思家這樣，一排看去就是水泥牆壁上一個個黑黢黢的門洞。摸黑上樓，慎思的家在二層靠裡，開門一個三尺半見方，大小僅夠轉身的地方是玄關兼飯廳，這樣小一個迴旋之處倒三面有門，一個自然是朝外的大門，依農村民居的習慣除非寒流來襲否則竟日長開，只有個不上扣的紗門關著防蚊算是城裡面做派。進大門左手邊的門通往現代「水房」，就是廚房、衛生間那些需要用水和汙水出口的地方。第三個門有門框沒門扉，通往擺了沙發、茶几、電視的小客廳；朝外有光的一面讓給了需要外牆水電煤管線通路的廚、廁，弄得小廳窗嘛一扇沒有，門倒又有四個，分別連接了外面和三個內居室，這樣一來就連走道空間也省了，來往睡房只要穿梭在客廳家具之間就成。這樣一個三居室住房，當年不知羨煞多少人！慎思在原單位工齡不長，謹洲動用了大把人情才把慎思一家人從鄉下搬進城，本以為就此天倫重聚，卻沒料想生了沒教的兒子竟比陌生人還陌生；兩岸的隔閡、城鄉的差距、父子的代溝、個性的衝突；失散親人重逢的喜劇竟變調成了倫理悲情苦戲。老先生一九五〇年在台灣上岸未久就因為「逗留匪區過久，思想難免毒化」到火燒島蹲了幾年，放出來後戴著個「匪諜」的帽子幾十年在台灣處處碰壁；人既半生不得志，心情抑鬱，性情也不隨和，就跟身邊長大的小兒子慎行一家關係一般。老先生兩岸開放探親後在家鄉找到大兒子慎思，情緒太激動，返台後頭次中風住院。那時台灣還沒有全民健保，他一個倒了半世窮楣的人不免開始煩惱自己老來兩袖清風，健康的時侯還勉強能獨立主張，更老病時卻恐怕不能不依賴兒孫。不願意依傍兩個兒子的謹洲乃在七年前下定決心自立門戶，在家鄉找了個有房產的寡婦董婆續弦，把自己小小一點資產經營盤弄，務求維持老縣長、老族長在家鄉的尊嚴和體面，也顧及經濟上盡量不讓台灣兒子李慎行增加負擔；頭兩三年倒也真如他計畫的做到了自立自強，能夠不看兩地兒子、媳婦的臉色，在大陸老家自己一手組建的「新家」過著舒心日子，直到五年前老先生偶然發現續弦董婆不告而取搬空了自己藏在銀行保險箱裡的私房老本，急怒攻心昏倒在地。緊急送醫後命保住了，卻也成了個偏癱之症。此後健康情形雖然一年不如一年，卻又奇蹟似的拖著，讓醫生跌破了幾副眼鏡，可是這次不用醫生發話，任誰也看得出老人是風中殘燭，轉眼就要油盡燈枯了。

「五年前那時候我第一次來，也是醫生說不行了。現在爸爸又挺了這麼久，所以醫生的話也可能不準。」慎行沒話找話打破小廳中的沉默。

一九九五年謹洲兩個孫女探親後返台。謹洲送走孫女當天稍後被答錄機上銀行留言提醒可能保險箱財物被盜，匆匆趕至銀行理論時卻忽然暈厥，醒來時人在醫院。他當時心中清明，可是視線模糊，看見白天宛如夜晚一般，半邊手腳不聽使喚，用左手去摸右邊身子全無知覺，像碰觸死肉一樣，他嘗試出聲講話感覺非常吃力，口不由心。他知道自己最害怕的事情發生了；他一生幾經患難，死早就不足懼，他就怕不死不活、半身不遂，那就要苟延殘喘仰人鼻息，不知拖到幾時方休？他閉著眼睛躺在床上，清醒了卻懶得睜眼或說話，想著種種辦法看如何能自行了斷，免受拖磨。本地醫院醫療團隊對八十多歲的腦溢血病患採保守治療，簡單用些基本藥物，把病人留在重症病房觀察，希望病人自己好轉，雖然消極，卻不至對病患插管灌食瞎整惡搞。謹洲就默行絕食，不配合進食喝水，可是打著吊針，一時也死不去。他一天醒醒睡睡，想來想去心中琢磨，把自己的一生從小時候想起：想自己出生成長於中國被列強侵犯、新舊交替的大時代，在那動亂衰弱的世道裡，人命賤若螻蟻，而他竟壽過八十，還經歷過抗戰勝利、大登科、小登科種種人生的美好；他也在倭寇侵略的時候，捨棄小我，在家鄉組織民兵，奮起抗日，後來還當了一縣之長，教化愚民，為鄉梓做了許多建樹，無愧所讀聖賢書；後半生到台灣雖然顛沛流離際遇不合，可是在關鍵的時刻他也做過很多正確的決定，不但留住性命還活著等到兩岸開放探親，得以暮年返鄉重聚天倫；他想，嗯，人生並不是完全的灰暗無望，反正自己現在的境遇已經壞無可再壞，也許就再多活幾日靜觀其變？他耳朵功能沒有受損，就在他心思活動又有求生之意的這天，旁邊聽講慎行在辦手續趕來家鄉看他，謹洲就想確實也有些事情還要交代，就用力說了一個字：「……餓！」旁邊果然有人大驚小怪叫醫生，謹洲乃被隨後來到的主治大夫宣布脫離危險，把他挪進了普通病房。

慎思聽見弟弟說起一九九五年舊事，就點點頭說：「我記得，那次是我打電話給你的。」慎行第一次來老家以前，失散的兄弟長大後還沒見過面，只講過電話，可是同對父親返鄉後大手筆修祠堂、祭祖、派紅包、找老伴各種的作為都不滿，感覺很談得來。雖還說不上手足情深，互信的基礎只怕比後來還是強些。至少慎思覺得那時弟弟在家鄉只相信自己親哥，跟董婆或者其他李家的親戚都「不搭講」。慎思吐口煙，不由衷地輕笑道：「不像這次，這次是董婆給你講的。」

慎行想解釋自己每月都固定打電話到桃花井問候父親，老父越來越不能講話，跟董婆討消息問病情是自然不過的事，可是慎思也許沒什麼言外之意需要他分辯，不一定多講多生誤會；慎行微啟雙唇，嘆了口無聲的氣，沒說話就閉嘴了。旁邊從不走開的潘氏母子把玩著電視遙控器，把頻道換來換去，製造著間間斷斷的聲響，卻並不參加談話。分居兩岸的親兄弟對坐無言，房間裡只聽到電視裡忽悲忽喜，一下唱歌，一下廣告，小客廳裡既熱鬧又寂寥。慎思吸完一支菸又點上一支，慎行一面強忍二手菸，一面搜索枯腸，卻實在想不出除了老父以外兄弟二人可談的其他話題，就起身告辭道：「哥，嫂子，信伢崽，我回去爺那裡去了。明天還要起早。」他攔著主人三人起身留客，卻還是讓哥哥送下樓，一面再三叮嚀：「哥，我們兩個的爺在這裡就靠你一個了，有事我們打電話。現在姆媽的遺願跟爺合葬在老家是我最重要的事，移靈啦、遷葬啦，我回台灣還有好多事要辦。哥，你心裡有數，爺要走得快，我回去以後要再來，到爺娘都入土會有些耽擱的。」慎思口袋裡揣著慎行交付辦父親後事的前金，既不需他自行籌措，膽就壯起來，拍胸脯要弟弟放心。

慎行回到桃花井父親家時，董婆正打好水要幫謹洲抹身。慎行就洗了手過去說：「阿姨，我來。」

董婆問：「不延了？——那你明天回咯台灣囉？」聽說是，董婆就把溫熱的毛巾遞在他手裡說：「那你來吧！」自己倚在床邊看著。

慎行輕輕地替父親洗臉。董婆在旁指揮道：「頭！」慎行就順勢連老人剃得光光的頭一起抹了。董婆從他手上拿過毛巾在熱水裡搓洗擰乾以後又遞給他，說：「背上，用點勁，他喜歡。」慎行就聽令而行，把瘦得皮包骨的父親翻過身抱在懷裡用熱毛巾抹著背，一面由衷地說：「阿姨把我爺照顧得真好。」四年多前老人忽然中風，先是半身癱瘓，然後情況一年比一年差，這一年來基本臥床，連屎尿都不能自理，可是皮膚光潔，沒有褥瘡。

謹洲桃花井的房子也是一間八〇年代蓋的老公寓二樓，老病的住戶顯然無力維修，處處都顯陳舊破敗，空氣中更是瀰漫著疑是尿騷一類的難聞氣味。董婆叫七十的人了，花白的頭髮是自己剪的，前面齊耳，看著還行，後面就跟狗啃地似了。她上身穿一件看不出式樣，手工粗糙的咖啡色女裝襯衫，襯得黃黑面皮更顯蠟黃，下面一條大了不只一碼的黑色褲子，一走一提，站定了就乾脆一手拳在腰際提著褲襠。聽到慎行恭維，董婆謙虛地說：「你爺老子就是愛乾淨，每天吃完都要洗了才答應，一天我都洗他好幾道喏。」可是畢竟有李家的人看見了她的努力，台灣老頭的小兒子那一句話講到她心坎裡去了，遮不住的笑意漫上了她的皺皮臉；屋裡光線差，她恰巧站在房裡唯一的一盞燈下，燈光打得好，醜老太太笑眼咪咪地居然也有點神采飛揚的樣子。

董婆等慎行擦完病人的背和手，再打了熱毛巾就不遞回給慎行了。她說：「剩下的我來！」慎行依言讓開，在董婆解開尿布替謹洲擦下身時，做兒子的下意識地轉開了視線；一面想起他看見董婆和父親在一起的第一刻。他是從五年前的那天起就沒埋怨過爸爸在家鄉討續弦的事了。可是他沒法說服哥哥慎思跟他一樣想；慎行心中感嘆；慎思怎麼就不懂，哪怕是半路夫妻，有些事上夫妻就是比父子來得親啊。

慎行其實原來跟哥哥同心，也對父親充滿了誤解，可是自從一九九五年秋天他首次探親以來，慎行就漸漸開始理解父親返鄉後的作為與苦心了。

那次也是因為醫生搞烏龍通知父親病危，慎行才初次回到他三歲就離開的家鄉古城。當時他兩個女兒暑假時才來探過祖父，太太基本住回娘家照護剛開刀做了白內障手術的岳母，慎行拿了父親的病危通知申請公務人員特批準備隻身前往；說是急件，各種手續一加，也辦了六個星期。老人八月下旬倒下，慎行趕赴大陸時，江南老家秋意已深了。

和自己父母不同，慎行這個外省人對「家鄉」是毫無印象，更談不上思念的。他像一個異鄉人一樣懷著冒險和探索的心情來到了出生地，到省城機場接機的是親姪子李潘信和開車的堂姪李家勇。那天諸事不順，先就因為香港鬧秋颱飛機航班嚴重誤點，讓來接機的親戚空等了四個鐘頭。一行人折騰至深夜才到賓館，近兩小時的車程家勇一面開車，一面維持著熱情，「慎行叔」、「慎行叔」地叫著，一接到人就先簡報了謹洲的最新病況，還親切地問了家愛、家寶回家後的情形，彷彿和台灣來的堂叔過去不是從未謀面的樣子。相形之下，慎行覺得還在電話裡打過幾次招呼的親姪子就顯得過於冷淡；慎行起先不敢相信那小子是為了久候而惱火，還以為親姪子到底是從農村來的，可能內向害羞，車行之間主動搭訕，才開口叫人：「家信——」潘信就冷笑地打斷話頭道：「叔叔這是喊哪個喲？」

慎行聽聲音不善，可是初次見面吃不準對方什麼意思，就平直反應道：「喊你呀，不然這是喊家勇？」

家勇乾笑著打岔道：「家裡人都喊我『勇伢崽』，慎行叔也這麼喊吧。潘信我們都叫潘信，慎行叔要喜歡，喊『信伢崽』也行。」潘信本來脾氣臭，空等了大半天等得他餓腸轆轆，機場東西貴，李家勇不但不請他客，還不肯應他的請開出去找吃食再回頭，說是進來要重新買機場停車票「麻煩」，弄得潘信火冒不止三丈。認親前因為父親慎思隱姓埋名入贅潘姓農戶避禍，他生下來就姓潘，改城市戶口時在前面加了個「李」字算是歸了宗，並沒有依家族輩分改名，平時一向自外也見外於李氏宗親，這下聽見叫他一個沒有的派名「家信」難免極不順耳，也不管是不是自己叔叔前面，且把新仇加上原先讓多等四個鐘的舊恨一起算了，就冷笑恨聲問叫哪個。他這個討人嫌的品性有時也只是像調皮孩子搗蛋一樣要別人注意，倒也不是存心得罪第一次見面的叔叔。

慎行哪裡知道初次見面的姪子脾氣擰，幸好他是個深沉的人，未即動怒。聽出家勇在打圓場，而且暗示另外一個還姓著潘呢，就對這個圓融的堂姪添了幾分好感，稍減了幾分來之前對老十房的成見。他更收起對冷落了潘信的歉意，只細細地向家勇問起自己父親的病情。

家勇說老人剛中風時確實很危險，在醫院裡住了個把月，家屬三次被通知準備後事，這幾天卻漸漸好轉，已能進食，說不定再住一兩星期都能出院回家了。

「我爺說是聽慎行叔要來，十二爹爹就好了！」家勇陪笑道。慎行明知奉承，也微笑了，一面說：「真是老天保佑。也虧得我爺身體底子好。」

「是呀，十二爹爹一向健旺。只不過——」家勇變得有點吞吞吐吐，「只不過呀——

醫生說了——以後這個，這個腿腳，右手右腳，就是右邊這半邊身子，會——恐怕會——不利索喲。」

慎行聽說，心中驚疑，正自琢磨父親的後遺症狀究竟有多嚴重，耳邊卻聽潘信唱了起來：「癱——囉——爺爺偏癱囉，以後走不得了——喲！」

這是潘信用土腔替家勇的鄉音普通話做翻譯。慎行幼小離鄉，家鄉話確實「不利索」，基本上只是改變了四聲的國語，本地人聽了都是不地道的，以至潘信覺得需要多此一舉把家勇說的再翻譯加強。可是像唱歌一樣農村表示悲傷的七字哀調聽在慎行耳中卻成了油腔滑調，甚至不無調侃的口氣，不免氣往上湧；受激之下他也懶得費力說家鄉話了，就用自己最熟悉的國語正色道：「潘信，這要不是你的親爺爺，我會以為你很高興呢。」

去掉了不標準方言的喜劇效果，慎行改講普通話的嚴肅語氣果然讓潘信有點緊張了，雖然不知道哪裡就得罪了頭次見面的親叔叔，也只好老實起來。再就主客一路無言，深夜抵達賓館，三人揮手作別。臨行約定第二天由慎思來接弟弟慎行同去探父。

次日上午慎行果然在大堂見到了當時已經分別了四十六年的親手足李慎思。

無須旁人介紹引見，慎行一眼就從群眾中認出了自己的哥哥。慎思長得像母親，年輕時一定是個美少年，可是現在站在面前的哥哥卻更像慎行記憶中母親最老病的那個時候；一樣瘦小，可能曾經清秀卻已蒼老的面龐滿布皺紋和愁容。

「慎思——哥——」慎行趨前認親；三歲以後沒有叫過的哥哥呀，他心中酸楚，面對陌生的親人卻無淚可流。

慎思生硬地點頭答應，看見比自己高大體面的弟弟，心中也萬分激動，卻只說：「慎行——弟弟——」

度盡劫波重逢的陌生兄弟心情激盪，可是既擠不出笑容，又哭不出來，更不懂像西洋人那樣用肢體去表達感情，然而僵著相望也不是事，慎行看到慎思旁邊站一個乾瘦猥瑣的小老太婆，想是自己農村來的大嫂，就誠意地問候道：「這是嫂子吧？」

慎思迅速把臉一垮，搶白道：「是你媽唷！」

慎行馬上就知道自己搞錯了；小老太是董婆；可是打錯招呼的歉意只在心頭一閃，情緒立刻被憤怒取代，臉也沉了下來；他狠狠瞪了侮辱了自己和親生母親的哥哥一眼，忽然發現與其說慎思像母親，毋寧老子和兒子潘信更像一家人，連聲音和說話的語氣都一模一樣！慎行抑制胸中怒火，勉強平靜著聲音對董婆招呼：「哦，你老人家是董阿姨。」

慎思察言觀色也知道自己話說過了頭，卻不願道歉，只說：「婆子是自己來的，」用手一指門口，用不屑的口氣道：「喏，一家子都來了，在外面不敢進來。」董婆是自己兒子林有慶、媳婦王小紅領來的，本來三人在賓館門口等慎行出來，不想看見慎思大搖大擺地往裡走，小紅就把婆婆向前一推道：「跟著他！」董婆跟上慎思的腳步進了大門才發現小紅和有慶沒有進來，一時失了主意，只好按照上個接到的指示，緊緊地跟著慎思。慎思是不跟這家人說話的，只拿跟在身後的董婆當空氣，當然也沒做介紹，以致引起弟弟慎行的誤會。

董婆見台灣老頭的「台灣細伢崽」態度客氣，看來沒有握住自己這邊什麼把柄，心中一塊石頭暫時落地，哼哼嗯嗯陪笑以對，只不敢胡亂說話。她今天是一萬個不想來，可是小紅說她家一定有人要來，不來不但擔心別人會看出他們心虛，而且萬一他們這邊沒人在場分說，李家的人可以隨便把屎盆子往他們頭上扣。

三人會合後一同步行前往醫院，走出賓館門口時慎思和董婆都留意到不見了小紅和有慶二人蹤跡，想是自行離去了。醫院就在賓館附近，都屬本地「街上」，「街」發音同「垓」，是本市的城中區，從前一溜兩邊都是衙門、機關、大商家、和富戶的花園宅第，現在是百貨公司、銀行、城裡第一家星級賓館、和各式各樣的商店；歷經滄桑與朝代更迭，幾起幾伏還是本城主要的商業區。醫院在賓館西面不遠，三人在江南十月早晨的涼風中步行而去。慎行昨天聽說老父命已保住，「送終」既成了「探病」，心情就已經不如來時路上沉重，此刻走在馬路上也就有了幾分觀光之心，不免拋開適才小小不痛快東張西望起來；這一帶原來籠統稱為「街上」，後來拆修了條解放路，打橫又拆修了條人民路，沿街聳立的樓房也開起了麥當勞、KFC、便利超商一類缺少城市特色的商鋪。可是那時是上個世紀九〇年代中期，縣城裡還不及全面拆遷舊時「街上」橫七豎八的小街道、巷弄；慎行三人走在解放路上，每隔不遠就看見夾路口上一塊畫了箭頭的小牌子上寫個古意盎然的路名，像「茶巷子」、「楊家花園」、「觀音閣」、「紅船巷」，循箭頭所指望去，可以看見彎彎曲徑，雖未通幽，殘破的古牆舊瓦卻似別有風景。走不一會，慎行忽然看見一塊小牌子上有「孝移巷」三個字，他觸動機關一樣地喊起來：「孝移巷——孝移巷？小魚巷！——哥，哥，那是不是我們家？」那時縣長公館在縣府後面，可是另有一個出入門牌，奶媽抱著三歲以前的小慎行是不走前邊縣政府辦公樓的，怕「毛頭」受到徘徊在衙門口等著申冤的冤魂驚嚇。天氣好的時候，佣人在公館院落裡一面做些輕活，一面逗他玩，叫他：「行妹崽，行妹崽，」本地大戶人家的小男孩興叫「妹崽」，可能跟其他地方取粗賤小名避造物者忌是同一個理論；手上忙活，嘴也不想閒著的大人對小孩施以恐嚇教育：「行妹崽在街上丟了，要說家住哪裡啦？」小慎行的標準答案是「小魚巷」。

「行妹崽靈泛囉！」帶他的奶媽讚他「聰明」，在大襟兜裡摸呀摸的，掏出顆粽子糖或者幾條細細的燈盞糕給他做獎勵。旁邊的女佣笑：「不是『小魚』呀，是『孝移』

呀！我們家住孝移巷。行妹崽大舌頭，給拐子拐走了就回不了家囉。」

慎行不記得這一切，他的童年記憶裡只有台灣。在籍貫成為島上原罪的檢驗標準以前，身分證上的原籍對三歲離鄉的外省人李慎行而言沒有具體的意義。此刻幼時在家鄉的一片空白，忽然填入了一個如此陌生又彷彿熟悉的巷名，哪怕只是一個路牌，慎行竟像憶起前世一樣地興奮。

慎思也激動了，他大慎行五歲，應該記事較多；可是自從八歲被父母拋棄，十歲失學，十二歲隨祖母乞討，十三歲報大年齡招進了築堤隊做苦力以後，慎思已經選擇遺忘「萬惡舊社會」的一切，徹底地讓自己改造，站在勞動人民的一邊。然而挑擔鏟土了十幾年，文革時鄉親們卻沒當他是工農兵群眾的一份子，更沒有忘記他剝削階級的出身，還是要把他當敵人揪出來鬥爭。他躲到鄉下改名換姓，入贅了根正苗紅三代赤貧的潘家，做了個面朝黃土背朝天的農民。他的自我改造是成功的，搬進城裡這十年，慎思解放路上走過無數回都沒看見這塊牌子，也一點沒有想起前塵往事。在「街上」，他一直自我定位為被欺壓的農民，雖然轉了城市戶口，住在「投敵」的父親替他頂的公寓裡，他也從沒有放棄過無產階級的驕傲，至少做到全家天天在電視機前聲討那些背棄了中國社會主義自己先富起來的人。上次兩個台灣姪女來了，親戚中間他最討厭卻深得他爺歡心的李家勇炫富，在自己新屋裡請客，他就眼睜睜望著兒子把一隻油手抹在主人家的新沙發上沒有喝止，要不是家勇的爸爸對他特別客氣，他自己也原想在茶几上用菸頭燒個洞的。這樣的仇富與階級立場堅定，卻讓慎行幾聲脫口而出的「哥」一叫破功，喚醒了沉睡半世紀的溫情與深埋的記憶。是呀，孝移巷，歪個半大腳老追他不上、他叫胖嗯媽的奶媽，天天腰間別著繫了紅巾的駁殼槍送他上學的侍衛李長勝，站在教室門口陪他上課的勤務兵李長福，那個只有他知道的假山窟窿，一次他躲在裡面讓大人找了他大半天窮著急；慎思倒不記得自己躲起來讓父母、祖母著急是因為女佣的恐嚇教育：「太太生了毛毛，你不乖，爺娘和哀哀都愛新毛毛，你沒人愛囉！」慎思只漸漸想起了前通父親辦公室，後到孝移巷內宅大門的宅院原本都是他的遊樂場；他眼前浮現八歲前的自己在花園裡跑著，後面有個什麼話也說不好，只會哥呀哥呀地叫著，甩不開，還又麻煩又不好玩的小毛頭。

「哼哼，」慎思難得真誠地輕笑道，「你小時候叫『行妹崽』。」

「等下醫院看了爺，我們過去老房子看看。」慎行興味盎然地提議。

「一條破巷子，沒有麼哩看頭，」慎思心雖有點軟化，嘴還硬著，「老房子早都不在了，以前的縣政府現在是大馬路。」他說。想想又以他一貫輕蔑的語氣批評道：「奇怪了，你們台灣來的都對又老又破的東西有興趣，爺呀、你呀、你兩個妹崽呀，都要看那些拆了幾久的，都老得破舊化了灰了，有麼子看頭囉？我是懶得看的哩。」

慎行年少貧賤時每聽見父母喟嘆跟著家鄉一起失去的富貴只覺憤怒，等到自己年紀漸長卻成就有限以至懂得父母的遺憾以後，又回心轉意開始嚮往起無緣親與的先人基業。慎行有點不高興慎思那種瞧不起人的態度，心想哥哥一生畢竟還有過幾年「縣長少爺」的尊貴身分，自然不稀罕「又老又破的東西」，哪像自己台灣長大，一輩子當「難民」和「匪諜」的兒子，小時候父親坐牢，他和母親相依為命，長期住在破牆爛瓦的陋巷窄屋裡還讓房東趕來趕去。可是自覺在台灣沒有祖產和親族可以依靠，分屬「賤民」的慎行也沒當過家鄉的「國民黨狗崽子」，不懂慎思是在築堤隊做了十幾年苦工，一鋤頭、一鋤頭，血、汗、淚齊下才「自我改造」成功，跟過去劃清界線。慎行更不知道，再講多一句軟話，一句，兄弟兩人就可以探視過父親後並肩去尋訪兒時舊居。慎行單只傷心訝異哥哥竟對親人的尋根念頭沒有同理心還表示不屑，就有點沒好氣地道：「對，我們台灣來的就喜歡看『破四舊』。」

慎思哂笑道：「你們台灣也知道『破四舊』？『破四舊』怎麼看？現在又不搞運動？」可是為了表示友愛，慎思也釋出善意道：「依我說，你要有時間，我帶你去君山。君山現在搞旅遊搞得不錯，有汽艇，坐汽艇滿好玩。」年輕時他在君山島附近湖面淤地裡挖過砂土，汽艇就沒坐過。

兩兄弟一路話不投機來到了謹洲住的醫院。醫院是民國時候留下來的花園洋樓建築，臨街的院牆全部拆了蓋起小鋪面出租給個體戶，想是做房東收租也能加強單位的經濟效益。大門倒是原先建物的大門，水泥柱上掛著小小一方木底黑字的醫院牌子，沒人帶路還真難發現藏在一排商店門臉中間的這個入口。醫院的管理很隨興，一進大門，汽車、腳踏車三三兩兩地停在花木全已鏟除讓地泊車的庭院裡，穿著條紋睡衣的病號，有人扶著或自己走著在停放的車子旁邊散步。光聞那消毒水味道，也知道到了地了。

醫院護理人員的配置明顯不足，護士只管打針，別的一概不理，住院的病患都帶著家屬任「陪房」照護，陪房可以在醫院租住病床，不想多花錢的就在椅子上歪著過夜，病房裡各種素質的閒人進進出出：門口買了外食胡亂丟棄生活垃圾的，偷插電壺熱牛奶的，走廊上禁菸牌下吸菸，廁所裡洗衣裳；反正就是有人把日子搬到醫院裡來過，弄得一個縣級醫院住院部挺有人情味，卻也髒亂得夠嗆。慎行這個台北土包子頭次看到這樣大雜院一樣的病房，走在油漆斑駁的長廊上已經心中嘀咕，等到了父親病房門口，又讓一個也不知是陪房還是病人的傢伙猛地在他腳邊吐口濃痰，嚇得他跳著閃開的時候，他忍無可忍的發話了：「爸爸生病怎麼讓他住這種地方？」

這下可把才剛在心中原諒弟弟錯認董婆的慎思給二次得罪了，只聽他冷笑道：「哦——『這種地方』台胞就住不得？我們這裡窮，蔣光頭把金子都搬到台灣去了，我們這種窮地方醫院就這樣！」慎行正要回嘴，那邊先一步走進病房的董婆已經高聲向床上躺著的謹洲打起招呼：「謹爹，嗯台灣細伢崽來看你囉！」床上原先聽說病危台灣兒子才特別申請過來探視的老人居然咿咿嗚嗚的掙扎著要從床上坐起。慎行只得扔下哥哥抛出的金子和醫院衛生關係的辯證，一個箭步衝進房去，一面口中叫喚：「哎，爸，慢點、慢點！」

「……」謹洲不理，顧自奮力挪動身子，發出像清喉嚨一樣含糊難懂的字音，「……」

慎行伸手出去又扶又攔，一面焦急地問：「爸你要幹嘛？爸你想要幹嘛啦？」

「慎行，」慎思告訴弟弟壞消息，「你不要太難過，我們爺不會說話了。」

「人醒來以後本來沒有開過口，後來單會說一個字，兩個字都說不得。」董婆用悽涼的聲音加以證實。一會又說：「右手打不開囉，寫不得字囉。」這都經過小紅等人一再驗證；要是老頭能告狀，說去過銀行知道保險箱失了東西，那還不一下子就查他們頭上來？那他們幾個早跑了，還敢放心讓董婆來照料台灣老頭？

「……茅……房……」謹洲像聽力也喪失了一般，不管眾人議論，顧自掙扎著發出難懂的聲音，「……茅房……我……解手……」

三個人都聽懂了，老人這是要去上廁所。董婆嚇得一臉煞白，台灣老頭能說成句的話了，她真不知該喜該憂；天地良心，她是做了對不起他的壞事，怕被揭穿，可是再怎麼壞心腸，她也沒希望他氣得中風，更別說死掉了，不然何至搬進醫院陪他住了個把月？陪房看護那是多辛苦的事，把屎把尿，白天黑夜地照顧一個病人！

慎思、慎行乍聽老父恢復說話功能，吃驚之餘則有點喜出望外，就同時伸手去攙扶，一人拽謹洲一隻胳臂扛在肩頭拉老人起床。不想老人其實站不起來，只靠在兩個兒子身上任憑他們向上拽，拉扯之間謹洲身上蓋了幾層的被子陸續向下滑，竟然露出一個光屁股。慎行從來沒有看見過父親的下身，大為震動，馬上轉過臉去。慎思做過勞動人民，不像弟弟那樣大驚小怪，卻也急得吼吼叫叫：「褲子褲子，這麼涼的天怎麼不給他穿褲子？」

董婆迅速拉過床上一條被子彎腰把謹洲裸露的下身圍上，一面就勢蹲低，一隻手扯緊圍在腰間的被子，空出來的一隻手拖過床邊櫃下一隻夜壺，拿著夜壺單手熟練地一兜，就替老人把起尿來，眾人這才鬆了一口氣，靜等老人完事，再扶著慢慢躺下。

董婆壓抑心中忐忑，規理被子，把病人重新蓋嚴實了。這天早上董婆被小紅夫妻押著去賓館接慎行，怕謹洲喊人不到，就在床上和病人身上都墊了幾層防護，又替謹洲解下褲子才離開。可是謹洲雖然手腳不聽使喚，羞恥之心卻讓他無法自覺地放肆尿床，就從醒後一直隱忍，直到聽見董婆嗆呼進來。謹洲眼睛壞了，只看見一點影子，也知道兩個兒子一起到了，他心裡高興，卻不想在兩個兒子前面叫董婆伺候屎尿，就要求去上廁所，哪知慮一漏萬，忘了自己長久臥床沒下過地，不但腿腳無力，半邊身子也麻木著沒有恢復知覺，還是出了個洋相，心中也不免有些沮喪。

「爺你能講話啊？」慎思有些興奮地說，「我還告訴慎行說你不曉得說話了。」不但親屬，恐怕連醫生都被不合作的病人耍了。

「懶……得講……吃力！」謹洲漸漸說得流利一些了，「扶我……坐……起來。」

兩個兒子扶起老人，醫院提供的不是可調式病床，慎行只得用自己身子當靠背撐著謹洲上半身，讓病人坐起。行動之間被子又滑動了，慎思就叫嚷道：「把褲子穿了呀！」在旁發傻的董婆又聽令動起來，鄰床上拿過一條衛生褲三兩下給病人套上。

「你這是給我爺穿地麼哩褲子唷！」慎思大驚小怪地叫起來。原來謹洲穿的褲子中間剪了個大洞，是條簡易成人開襠褲，遮不得羞。

董婆老臉一紅，又規理被子把謹洲下身蓋好，低頭嚅囁道：「方便點囉。」

「是方便，也暖和。」慎行看老太婆侍奉父親得力，給慎思凶得又挺可憐，就解圍。又看見鄰床上還有一條剪了一半的保暖衛生褲，搭訕道：「阿姨自己做的呀？」

董婆趕緊去收拾旁邊的床，一面答非所問道：「我就睡這張床，本來要收二十塊一天，陳醫生說了一下，我們優待，床鋪緊張才要我們把錢。」

慎思乃向慎行介紹這位婦科大夫陳醫生和李氏的關係；慎行久居工業社會，在台又是

「外省人」小家庭，不懂家鄉親族關係是頭等大事，事關幾代「欠人情、還人情」盤根錯節以及從前和未來的歷史與發展；幾十歲的人了，聽見複雜的姻親關係居然感覺跟他女兒們八月時在這兒時差不多「霧煞煞」，還心中納悶婦科醫生怎麼管到他老爸一個中風病人。謹洲卻忽然打岔道：「我……這次……多虧……你們……阿姨，」謹洲坐起果然說話更加流暢了，「你們……要謝謝她。」

董婆聽說，更加驚疑不定——難道小紅說錯了？台灣老頭不是因為保險箱被搬空了才氣得在銀行昏倒送醫院？或者台灣老頭一跤摔得忘了那天發生了什麼事？

慎行來到原籍還才半天，已經徹底改變來前想法；他本以為這裡只有慎思和潘信才是自己親人，爸爸是因為老糊塗了才行事乖張，親疏不分。不料昨天先遇見的老十房堂姪通情達理就把個脾氣古怪的親姪子比了下去，今天又觀察董婆對他老爸的貼身侍奉竟遠不是自己身為人子做得到的，就更別提他那個講話難聽，對人特不友善的哥哥了。慎行不免由衷地說：「謝謝阿姨。」

慎思把眉頭一皺，頸子一扭，鼻子裡還配合噴出一聲大氣：「哼！」他完全不想隱藏對今天才重逢的弟弟的失望。

董婆卻又驚又喜，心想台灣老頭也許根本不知道保險箱是自己幾個偷的。這些時候又怕把老頭氣死了自己造孽，又怕給李家的人抓住把柄了不得了。唓，都是給小紅攪得自己嚇自己白操心！董婆想著心下漸寬，就眉花眼笑地謙道：「謝麼子謝囉？看慎行說的！不都是應該的囉？」又歡喜地看著床上又老又癱的自己台灣老頭說：「慎行好客氣，慎行身子也長，像爺老子！」

慎思看不下去董婆那個慫樣，臭著臉出去抽菸，從走廊上望進病房看見弟弟居然還在和婆子攀談，心中怒火就不打一處來了。「哼！還真是你媽唷！」慎思心中咒罵，把菸蒂重重一扔，大聲對裡邊三個道：「我走啦！」慎行在給父親做靠背不便起身追上，分離了四十多年親兄弟的首次會面就這樣既無歡笑也無眼淚地草草結束了。

這以後兩兄弟的關係就好像沒之前電話裡那麼親了。慎行住在賓館，天天去醫院看父親後，就被李家的親戚接去吃飯，跟慎思只在父親病房裡偶遇，雖說是一母同胞，生長背景不同，對父親的看法又日形分歧，漸漸連話都聊不上多句了。慎思對弟弟和對父親一樣失望，可是畢竟曉得是親人，也想盡點力挽回；進城後絕少請客的慎思就在慎行假期結束前一天慎重地請了弟弟到家裡去「掐夜飯」，潘氏也誠心誠意地整治了幾個農家菜招待小叔。那天開始氣氛很好，連潘信都沒說出什麼不中聽的話，慎行還主動地批評了幾個李家的親戚，因為他們總向慎行抱怨當年如何被老十二房連累；慎行說他們「幾十年前的一點破事嘮嘮叨叨，爸爸做縣長帶給李家的好處一句不提。他給我們一塊錢要你記三代，我們給他一千是該他的。」慎思一家雖不那麼認同李氏家族或以謹洲為首的這個老十二房，聽到台灣客人派李家其他親戚不是卻也能同仇敵愾。這天謹洲兩個兒子在一起竟沒怨他們「爺老子」的糊塗，只商量著次日何時去接老人出院，以及父親出院後續種種安排。吃著、喝著、商議著，兩人漸漸都有找回了兄弟的感覺。卻沒想到酒過數巡，正是酒酣耳熱之際，慎行還是出言不遜，氣得慎思當場把弟弟趕了出去。

「嘎？他說『都是命』！老子就不認命！誰叫老子認命老子就不認誰！」慎行人都走了，暴怒的慎思還在家中咆哮，「除了他李慎行，誰都能告訴老子『都是命』，就他不能說老子『都是命』！」誰都知道當年父母要帶走的是他，是慎行占了他的位置，偷去了本來屬於他的命運，現在還敢在他面前說風涼話，叫他認命！慎思伸腳踢翻慎行剛還坐在上面吃飯的小板凳。矮胖的圓凳像個球一樣地彈在矮飯桌邊上，把桌上一個酒瓶震倒，殘酒汩汩地流到了地上。

比日式和桌高個尺把的矮飯桌支開來擺在進門的玄關兼飯廳裡，再拖幾個小板凳過來坐下就可以開飯。潘氏母子吃飯維持農村裡風捲殘雲的習慣，一會就扒完飯進客廳裡看電視連續劇去了。留下兄弟倆對酌。慎思舉杯示意，再抿一口白酒，對弟弟說：「別嫌哥哥沒文化，我是只念到小三，可是如果去台灣的是我，我跟你一樣是大學畢業，你信不信？」

「信！」這話慎行已經聽過十幾遍了。他舉杯還敬，也抿一口，覺得這裡的酒不如金門高粱，太辣，他趕快挾塊臘肉過過，哇，太鹹，只好又喝一口酒沖沖。慎行一直提醒自己別計較慎思講話「衝」，就權當借隻耳朵聽他苦命的哥哥發發牢騷。可是酒精卻漸漸鬆弛了他的神經，舌頭也蠢蠢欲動：「你說過八十遍了，我都信，為什麼不信呢？我們爺做過縣太爺，我們種好，我們聰明！」

「你小時候哈性！」慎思譏笑弟弟，「幾歲了話都說不清楚，莫得哪個歡喜你，只有你那個長沙奶媽，幾蠢都講你『靈泛』，笑死人。」

慎行也笑：「是呀，小時候都說我大舌頭，姆媽也講我就嘴巴伶俐了一回，清清楚楚地說了一次話——」

三歲的慎行牽著媽媽的手，口齒空前清晰地說：「帶我去吧？我乖，我不哭！」他就這樣和哭倒在祖母懷裡撒賴，堅決不肯跟父母去的八歲哥哥慎思互換了人生。

「喝酒喝酒！」慎行打斷自己，浮一大白算自罰失言。慎思乾杯後替客人和自己滿上，一面說：「如果去台灣的是我，我現在只怕比你混得還好些，你信不信？」

「信！」慎行說。誰又不比他混得好呢？過了年他就五十歲了，還是一個科長，長年背著房貸、車貸，這裡還收著女兒的學費通知，那裡夫妻雙方父母親的醫藥帳單就過來了。「我混得不好，你現在就混得比我好！你爸還買了房子給你，我的房子十年了還沒還清貸款。」

慎思不愛聽這話，不接這個碴，繼續自己的夢想：「如果去台灣的是我，我不但大學畢業還會去美國留學，你信不信？」

「不信！」慎行說。服完兵役後，他考取了自費留學，因為家裡籌不到路費放棄了。後來他又考取了公務員在職出國進修，卻莫名其妙地被人遞補了。他一直深信沒留成學和自己做為「匪諜」嫌疑人的家屬是脫不了關係的。

慎思把筷子一拍，厲聲道：「怎麼就不信！你瞧不起老子？以為老子就不如你？」幾杯黃湯下肚，摔盞打碗，一口一個老子，在本地是司空見慣的事。可是初來乍到的慎行哪裡懂這個風俗，就提高聲音說起台灣腔：「拜託哦！你以為爸媽到了台灣還跟在這裡一樣是個什麼人啊？我告訴你我們家在台灣就是賤民！臉上寫了字的那種！誰都可以看不起我們！我們家有多窮你知不知道？我上大學兼四個家教寒暑假還送貨，靠爸媽我大學都沒得上。我考上留學，路費他們都借不到。」慎行忽然對幾十年前的遺憾來了勁。他的酒量一向差。

「上過大學就了不起？是城裡人就可以瞧不起農村來的？」慎思被激得哇哇叫，「你窮你像老子一樣做叫化子要過飯？可憐老子有你們這些台灣家屬沒有得到一點好處，盡被連累。嘎？一說有家屬在台灣，嘎？批鬥、遊街、勞改——」

「你哪有什麼批鬥、遊街、勞改？你不是逃到鄉下改名叫李光躲掉了公審嗎？」慎行打斷慎思的話頭搶白道。接著自酌一口，搖著頭說：「受不了，你們這裡什麼事都喜歡越講越誇張。」

「老子叫李光就是老子全家都死光了，剩老子一條光桿！」祖母死後，深深痛恨自己出身與拋下他的父母，慎思起別名時是存了心的。

「有你這樣做兒子的嗎？」慎行也動怒了。他也厭惡自己的家庭，也對父親的作為不滿，也怨一生被拖累。可是他在台灣長大，國民黨敗守海島，教育系統上更緊抓儒家教忠教孝那一套；慎行是一面心裡恨著父親，一面還是恪守著人子的分際，一下聽見自己哥哥大逆不道的說法，態度就嚴厲起來：「我們爸爸還躺在醫院裡呢！你就不怕觸霉頭？」

慎思一個無產階級怎麼會去搞慎行那種小資的臭迷信或窮講究？他純粹傷心自身孤苦，並沒想要詛咒自己家人；其實本地方言罵人不像嶺南地方那麼厲害，像廣東話「合家剷」那樣在吵架的時候可以把打擊面最大化的概念基本不存在；他更不懂「全家死了了」聽在台灣耳朵中的嚴重性。可是即便弟弟指責的內容慎思聽來不痛不癢，弟弟那種疾言厲色說「官話」帶出來的臭老九知識分子優越感卻像利箭一樣刺向他的心臟。慎思啼哭起來：「狠心我個爺娘唷！嗯哪拋棄兒親生唷！無父無母自成人喏！受盡欺凌——莫書讀喲！」

嘈吵這許久，小客廳那頭不知是連續劇演完了還是慎思唱歌一樣的哭聲實在不容忽視，主人家母子終於從鄰室踱過來，而且潘氏一到並不問來龍去脈直接就加入哀歌合音陪著哭唱起來。

「嗳！嗳！」慎行慌得離坐而起，嘴裡哥哥、嫂子不停地叫著說：「對不起、對不起——唉呀，不好意思，都怪我怕是喝多了！這個酒有後勁，我酒量差——不好意思！對不起！」

這次卻是潘信做了回好人；他拉他媽媽回客廳，說：「號麼子號囉？人家都認錯了！」又對叔叔搖著手道：「不怪您家，我爺喝酒就哭！」潘信表現得這樣懂事也有點歪打正著，他不知道不同本地風俗的輕易不能道歉；台灣除了少數政治人物，一般人都把「不好意思」、「對不起」當成客氣話，隨時掛在嘴上。

雖然並不明就裡，慎行也自悔惹起哥哥傷心，即使這個帳說什麼也算不到當時三歲的他身上，慎行卻和父母一樣對留在大陸的哥哥有著深深的歉疚與同情。等潘氏母子又走開後，慎行看著仍在啜泣的哥哥嘆口氣道：「我懂你的意思，你覺得我有父母在身邊，哪怕再窮再苦，還讀了書，你卻失了學。」慎行原想告訴哥哥如果不是拚命用功，一路考上公立學校，自己一樣要因家貧而失學，一個政治難民的兒子哪裡隨隨便便就能大學畢業？可是一轉念，他換了個委婉的說法：「雖然主要靠自己，還好那時候台灣有個聯考制度讓窮人家小孩有機會上學，你留在家鄉卻連一個證明自己能力的機會都沒得到。」慎行自覺代慎思說出了心聲。

「你一口一個『窮』，講講你是幾窮啦？」慎思不哭了，卻又和弟弟吵起來，「你窮你做叫化子要過飯？」

咦？怎麼又話說重頭了？兩人不是就從這兒把話說擰了嗎？慎行不悅道：「淨講些過去的事有什麼用呢？我覺得我們不如朝前看——」

「屁叫！」慎思暴怒地打斷弟弟，「你跟老頭子一樣，『朝前看』、『朝前看』，我朝前看閻王囉，叫我朝前看。」他五十四、五歲應該帶孫子玩的人了，沒有前面看，只能想從前，「嘎？把我一家弄到城裡來就丟著不管了。本來還讓我們做美金，現在幾個月也不把一分錢囉！我怕什麼？李家裡以前有誰管過我？一碗米飯，一根辣椒我就是一頓飽飯。你們一個錢不把我，看我們一家餓得死不？」他的委屈倏忽從一九四九年延續到了當下。

這時候慎行酒已退了一些，雖覺慎思說話全無邏輯，不可理喻，想想無謂跟個躺在地上的人比高矮，就放低身段道：「放心，都是一家人，我們怎麼會不管你呢？我們爺賣了姆媽的房子，錢都帶過來了。我們不管你，姆媽地下也不答應。」

慎思聽到弟弟提起母親，又傷心了，抽著鼻子道：「人家都說——老娘一個女的——

何得狠得下心，何得——拋下——親生——喔喔——」

慎行每想到一生鬱鬱以終的母親都只有滿腹的不捨和心酸，對哥哥的嗔怪很不以為然，覺得自己家庭離散完全是時代的悲劇，跟女的、男的、媽媽狠不狠心全八竿子扯不上。慎行雖然心中老大不痛快，還是勉強自己不要與苦命的哥哥計較，就用安慰的語氣說：「姆媽到最後咽氣都是掛記著你的。她要知道走了就回不來了，說什麼也不會留下你的。」接著長嘆一口氣，誠摯地道：「哥啊，命啦，這都是命，都是命！」像多數台灣的人一樣，慎行也動不動會搬出緣分啦、命運啦這些看不見、摸不著的東西強做解人。

慎思聞言啜泣漸止，就在慎行以為自己的安慰發揮作用的瞬間，慎思倏地而起，一腳踢翻自己坐著的矮凳，大吼道：「你給老子滾出去！老子不認命！娘賣×！老子誰都不認！」

潘氏母子趕緊過來打圓場；他們在隔壁聽得清楚，兩兄弟已經講到老頭賣了房子帶來了錢的正題，怎麼這個節骨眼上又吵了起來？

「你說的像話嗎？我娘也是你的娘呀！」慎行也站起身來，氣忿地道：「我看是你喝多了！」他朝潘氏母子點頭招呼道：「嫂子、信伢崽，我走啦。」拔腳就出了門，兩母子連攔一下留客的機會也沒有。

那天夜裡慎行在賓館床上翻來覆去，老睡不沉，彷彿夢見母親，醒來雖不記得細節，卻回想像是媽媽要他擔待哥哥。慎行一看時間還早，可是天已矇矇亮，他決定早點去醫院也好。這天要接謹洲出院；本來是兄弟倆講好的，經過昨晚這麼一鬧，慎行沒把握慎思還去不去了。

慎行吃了兩星期賓館供的早餐真是怕了，囫圇吞了碗白粥果腹就來到醫院。到得太早，醫院大門夜間拉上了還沒開，只留著旁邊一扇窄窄的邊門讓人出入。那頭迎面走過來董婆和一男一女，男的手裡還抱著董婆的鋪蓋捲。四人就在小門前狹路相逢，躲都躲不掉。

「阿姨，」慎行不無幾分狐疑地向董婆打招呼，「這麼早出去？」董婆目瞠瞠地看著他，似乎受了驚嚇的樣子。台灣話對那種神情有一說，叫「看到鬼」。

「你老人家是慎行哥吧？」跟董婆一淘的婦人卻熱情地叫起人來，「我是小紅呀，我們講過好幾次電話呀。這是我男人林有慶。——有慶，他是慎行哥呀，你天天想見到的慎行哥呀。」有慶小小聲叫了「慎行哥」就把眼睛垂了下去。

接著小紅很快地把情形做了說明；這些日子他們夫妻出城做生意去了，今天才回到就來看謹爹，聽說謹爹要出院，趕緊來接董婆回家打掃整理。「——這麼多天兩個老的都在醫院裡，我們又不在，家裡都是灰，不先掃掃不能住的囉。」這時有另一撥早來的要擠過醫院邊門，小紅一面罵別人，一面責自己，道：「唉咦唷，擠麼子擠囉？——唉咦唷，我們一家自己講得親熱，不能站在這裡擋人家的路——」慎行連忙稱善，雙方告辭作別。

小紅領著董婆母子風風火火地去了，走開幾步卻又回頭喊道：「慎行哥，等哈到家裡吃飯哦！我們買了菜等你跟謹爹回咯囉。」

慎行還是第一次和他這兩位姻親照面，來以前慎思電話裡沒少講董婆一家子的壞話，見了面對老太婆、子、媳的印象卻也都還好，反而感覺自己哥哥那一家子真是難以親近。慎行想著已經到了父親病房門口，聽見謹洲在裡邊喊人要解手，忙上前幾步，說：「阿姨跟她兒子回去了。我來吧。」

謹洲卻掙扎起身道：「扶我——起來——我去廁所。」這兩週來醫院天天有人給謹洲做針灸、推拿，和理療復健，中風的後遺症狀已經穩定，偏癱情況也有改善。復原是不可能了，獨自坐、立一會，或者拖著半邊身子挪幾步卻還都做得到了。事實上醫生鼓勵病人能動就動，可是謹洲的視力沒有恢復，眼睛看出去茫茫一片，勉強分得出白天黑夜，近身人影晃動。可是他不跟人說，董婆服侍得又仔細，兒子竟不知道老人不大行動是因為看不見。

慎行把床下夜壺抄到手裡，說：「就在房裡吧，外面涼，再說這兒廁所也不夠乾淨。」

「扶我——起來——去廁所。」謹洲很堅持。慎行只好替老父披了外套，半抱半拖地帶老人走向走廊盡頭的廁所。到了廁所謹洲也堅持一切靠自己。慎行看著老人灑了一地的亂七八糟，心想這裡廁所要保持清潔還真不容易。回程幾步路謹洲已經走不動了，整個人靠在兒子身上讓慎行拽著走，涼颼颼的秋天早晨硬是把慎行搞得一頭汗。慎行一面拉著、扯著、扶著父親往前挪，一面想，怎麼爸爸就這麼不好意思讓自己兒子侍候屎尿呢？這麼走真是讓兩個人都受罪。

回到病房慎行倒水喝，聽見謹洲問：「他們——三個人？」慎行愣了一下，想是講董婆，就點頭說是。謹洲說：「走的——時候——我在睡覺。」

「身上——有莫帶錢？」謹洲又忽然問。慎行說有；台胞證、人民幣、美金都一直隨身藏著。謹洲說：「等下——醫院要——結帳的。」

「哦。」慎行應道，有點納悶老父怎麼東一句、西一句的講這許多，「爸，你累了吧，要不要歇一會？」

「趁現在——還能講，好多事——交代——」謹洲講話還是吃力，「長點的——句子——都講不好了。你莫打岔——」

「慎思命苦——父母也——對不起他。兄弟有今生——無來世，他們多討嫌——你還是——要照顧——他們一家。」謹洲用無光的眼睛盯住小兒子，等到眼前的影子彷彿點了頭，他才繼續：「一直——想帶你——下鄉——，做不到了，——現在——這個樣子。還好——家愛——家寶——替你去了。」謹洲再告訴兒子，埋骨之地看好了在鄉裡何處，錢預付了，字據在十房老姪手裡。台灣再好，落葉歸根，他是不會再去了，「我跟你媽媽——講好的——要埋一起——在李村——祖母旁邊。」

「爸——」慎行悲聲喊道，「你病好了呀，講這些做什麼呢？」

謹洲皺眉道：「別打岔！——我講——長點句子——吃力得很。」他歇一會，喝一口慎行遞到嘴邊的水，又繼續說：「你——別傷心——人生除死——無大難，——我不怕死，——準備好了——沒有掛礙——隨時——走得掉。董哀家——是個——可憐人，——我死了——她跟你——沒關係——不必管她；跟她——講好的——不能找李家裡——任何人。唉！——富貴一場空——都沒有了，——沒有東西——留給後人——也不能——留麻煩。」老人交代完後事休息了一下，又感嘆起這次閻王沒收，以後「麻煩」。明明神智清醒得很，卻接著越說越混亂了。慎行用心聆聽才拼湊聽出老人翻來覆去全在擔心這次命保住了，經濟上卻困窘了；因為錢已給到董婆手裡怕她不拿出來做家用，雖自覺命不長久，多活一日就有一日開銷，「怕找麻煩」，寧願折壽。

慎行聽到父親口口聲聲不想「留麻煩」給自己，心中很感動。不同哥哥慎思只見過風光的縣長父親，在台灣長大的弟弟慎行卻只認識潦倒的難民爸爸，父親能想到「不留麻煩」給子孫已經超越慎行對父親的期望；高不高興是另一回事，慎行素知父母一生理財無道，也從來都自覺對雙親有「生養死葬」的責任，聽說謹洲帶了養老本回鄉後數年之間又搞得精光，並不太驚訝，只是無奈卻不失誠懇地說：「爸，要是缺生活費，你不必擔心啦，我有準備的。」他沒說明工作單位對直系親屬有喪葬補助，所以他只要張羅「生養」的那一部分。他看見此地生活及醫療條件都落後台北，原還擔心要是父親提出帶董婆回台灣養老那他該怎麼辦？沒想到父親決心要終老家鄉，這就解決他一個大麻煩。慎行有點心虛又不無慚愧地問道：「台灣條件到底比這裡好，爸你不想回去治病？」

謹洲堅定地搖搖頭，說：「我就——死在——這裡了。」話講久了，老人有點疲倦地閉上雙眼。

慎行說：「爸你休息一下。我下去跟醫院結帳。」

謹洲閉著眼說：「你去——。等慎思——來了，一起回——桃花井。」

慎行想昨晚那樣大吵，今天慎思會不會為不想跟自己照面就不來接父親出院了？他想著一面下樓去婦產科找跟李氏沾親的陳醫生幫忙結算，卻在樓梯口碰到往上走的慎思。慎行正在沉吟如何低個頭，也許先打招呼示好？那邊慎思卻已再家常不過地開口問道：

「噯，你這是到哪去啊？」

「去找陳醫生幫忙結帳。」慎行想人家不提昨晚的事，自己也不能小器，何況本來就有意求和。

「婆子呢？」慎思皺眉道，「怎麼要你把錢？」

「爺教我去結帳的呀！」慎行無奈道。「董婆跟她兒子、媳婦先回去打掃、做飯。」

「哼！就是怕把錢醫院就先跑了！」慎思冷哼道。「我去，人家看到你又要殺黑。押金單呢？把我。——這個押金是他們把的，還是你把的？」聽說是慎行來以後付的，慎思破口罵道：「我就說婆子一家不是東西！我看爺的錢都教她們搞光了！」

兩兄弟分工合作，弟弟去替父親收拾東西，哥哥去結帳。慎行本想住了兩個月的院，這筆醫藥費帳單恐怕很驚人，沒想到他來那天兌換五百美金繳了保證金，這下還找了兩千人民幣回來。慎思把單據連同找錢向弟弟手裡一塞，說：「給！」

慎行正想塞回去，床上的老人說：「押金——夠嗎？」聽說找回了兩千，居然說：「——給我吧。」慎行遞錢過去的時候才發現老人手往他處伸，眼睛也好像不聚焦，不禁大驚失色道：「爸你看不見了嗎？這什麼醫院！眼睛也沒看好就出院？醫生知不知道爸的眼睛有問題呀？」謹洲一面摸著把錢貼身收好，一面淡然地道：「還沒——全瞎，看些——影子——看得見。」他拒絕了慎行要他找眼科詳細檢查的要求，執意立即出院。

慎行拗不過老人，就對慎思說：「哥，那我們就先帶爺回去啦，眼睛以後再看門診吧。你去推個輪椅，我去叫車。我看這裡也沒護士來管我們的了。」

「麼子輪椅囉？莫得那個玩意——」慎思把床上的父親往自己背上拉，「我背爺。」

「欸！欸！小心點！」慎行手忙腳亂地幫忙，又拿起老人的鋪蓋捲慌亂地說：「我去叫車——」

「不打的，幾步路的事。」慎思說著用背一頂，把老人扛了起來，「桃花井嘛，走小路就在旁邊一點。打的還繞，難得打囉。」他穩穩地邁開腳步向外走去。

慎行拿著行李忙不迭地跟上；父子三人組成一支奇異的隊伍；一個精瘦的小個子老頭痀僂著身子馱負著一個比他更瘦、更老的老頭，旁邊一個小腹微禿，身材在本地人之中堪稱壯碩，穿著夾克、牛仔褲做外地打扮的中年漢子卻抱著個行李捲，神色張皇地走在一旁，雙手拿著東西還時不時做扶持狀，眼睛緊盯著另外兩個，口中念念有詞：「噯——欸，小心！小心！我說叫個車嘛！——欸，欸，小心！」

「盡是廢話！」謹洲雙眼緊閉伏在大兒子背上，心裡罵了旁邊幫不上忙的小兒子一句。他使不上勁的右手讓慎思拽在手裡，左手緊緊箍住兒子頸脖處；只有半邊身子聽大腦指揮，謹洲拿出年輕時騎馬的技巧，配合兒子的律動，努力保持自己身體平衡。對個大病初癒的八十多歲老人，這樣給人馱著並不輕鬆，可是兒子的體溫卻溫暖到了謹洲心裡；他感受到父子重逢以來最最親密的一刻，這點辛苦算得了什麼！

「淨會屁叫！」慎思也在肚裡罵光會在旁騷擾卻不出力的弟弟。他築堤童工出身，負重是基本功；慎思躬著身子，膝蓋微彎，兩腿打開如蹲馬步，腳踩八字，一左一右，小跑前進，竟比手裡只拿了點細軟的弟弟還走得快。然而畢竟做了幾年的城裡人，懶散了筋骨，即便在秋日的涼風中，急走了一會慎思也呼吸稍促，滿頭是汗了。可是與此同時，他也感到背上的父親在配合他的腳步，似乎是企圖減輕他的負擔；這個不想從前的人忽然想起童年時做為大人物的父親有一次興起，把他從勤務兵李長福的肩上接過來「打蛤蟆肩」。慎思是天天騎在李長福肩上去上學的，主僕二人自有默契，乍然一下騎到父親肩上，雖是個給寵壞的孩子，也知道要戰戰兢兢地配合胯下父親保持平衡；孩子雖然主要還是怕扛的人不夠熟練會把自己摔下來，慎思卻只記起當時幼小自己體貼父親的孺慕之情。這下輪到慎思背負起八十三歲的老父，一時之間兩人心意相通，相互配合律動，竟幽幽勾起父子都遺忘已久，五十年前也曾經有過的天倫之樂。

抄近路穿過條不能容車的短短窄巷再轉個彎，桃花井果然就到了。老人家在二樓，慎思在樓前駐足小憩，欲待喘息已定，調勻呼吸再登樓。慎行看哥哥辛苦，雖然有點生氣土包子堅不讓叫車害大家活受罪，還是開口道：「換我吧——我來背爺上去。」

慎思一則真有點累了，二則有點不懷好意想看台北來的城裡人弟弟怎麼把父親背上去。就說好。於是慎行把東西放下，兩人換手。慎行把爸爸在背上馱好了，心裡有點發酸，老人真跟他想像得一樣輕，就說：「爸你現在太瘦了，須要好好調養一下。」一面邁步上樓。不想半身不遂的老人在登樓向上的時候加上了地心引力，竟然一步重勝一步，而且重心不穩，拽著小兒子也失去平衡。慎行一路埋怨父親：「欸欸，小心小心！爸你不要一直向下滑嘛！——爸你坐好，別亂動！我背著你就好了——你別幫忙！越幫越忙——唉呀！小心小心！」

前邊慎思看得好笑，一面早就上樓到了門口，只是怎麼叫門也叫不開。等到氣喘吁吁的兩父子也掙扎來到時，謹洲示意他提包中有醫院返還的鑰匙，這才打開房門。屋中冷冷清清竟像個久無人住的樣子；想是謹洲一倒下，董婆就打發了小保母走人好省工錢。慎思大叫有人嗎？慎行把謹洲放平到大床上出來客廳，猜測道：「都去買菜了吧？」他說著一屁股重重坐下，卻彈起沙發上一層灰，不禁嫌道：「嘖嘖——還說回家打掃？這都走多久了！」可是就爬這二樓已把他累得沒法講究了，就把頭往後一靠，在灰塵裡繼續喘大氣。

「哼！」早就緩過氣來的慎思卻冷哼一聲，道：「我去市場找她去——」說走就走了。

「噯噯——先打個電話——」愼行沒攔住人，心裡想：該叫車不叫堅持要背著爸爸用走的，找人不先打電話偏要滿街跑著碰運氣。他搖搖頭，對自己哥哥「鄉下人」的作風深不以為然，自言自語道：「隨他去！」愼行在屋裡找到幾瓶礦泉水，拿給爸爸跟自己解渴；他不知道那還是他女兒兩個月前返鄉探親的遺留物資。謹洲喝完水後很快就累得睡著了，愼行躺在沙發上休息了一會，居然感到肚子有點餓了，不禁納悶都快吃中飯了怎麼還沒人回來？他懶洋洋地找出電話號碼打去王小紅鄰居家，雖然那邊以前都代接叫人的，這次卻凶巴巴地說：「莫得！」就掛了。這下連愼行都有了點不祥之感。他們親戚之間雖然都不清楚謹洲這個續弦究竟是個什麼來路，卻也一直有著董婆是風塵出身的傳言，而且懷疑兩個老人既不沾親又不帶故當初是怎麼牽上的線？這些謠言愼思自然學給弟弟聽過，不過兩兄弟說起來也只半信半疑，都相信自己父親畢竟在家鄉曾經有頭有臉，不至於替他們找個勾欄出身的繼母這麼離譜。可是愼行這會卻忽然一下子就聯想到王三公子床頭金盡的故事，只是董婆看著更像個猥猥瑣瑣的老鴇，讓人沒法和風華絕代的名妓想到一塊去。

正在胡思亂想，愼思回來了，看見桌上瓶裝水，拿起來就灌，想是真渴了。愼行忙問：「就你一個人——他們呢？」

「『現在』真買菜去了——」愼思說，「等哈人來了，你都別作聲。聽老子跟他們搭講！」

慎行一頭霧水，不免再三追問究竟發生了什麼事。原來董婆三人一早離開醫院後根本沒回老人家裡打掃、買菜，小紅夫婦直接把老太婆帶了回桃花井菜市場旁自己的家中。慎思過去時三人端坐屋裡，專等尋釁的上門，用慎思的話說是「等著人來扯皮」。

「哼哼！」慎思冷笑數聲道，「婆子結結巴巴，說爺結親的時候應了她的錢莫把，她不回來照護我們爺了。婆子那慫樣我看還挺作孽，都是王小紅那個能事婆在背後攛的！」

慎行聽說大吃一驚，事實竟和他的遐想若合符節，只反派不是老的是小的。「那你說他們又去買菜了？」

「行！我告訴他們，不回去替我爺燒飯是不是？老子今天就跟我堂客搬桃花井去照護我爺。」慎思是認真講的；他兒子正需要一套房；潘氏婆媳不合，潘信的老婆長住在鄉下老家，沒自己的房另立門戶是不會進城來夫妻團聚的。

「高明！」慎行擊節讚嘆，「哥，有你的！這就將他們一軍！」

慎思笑了，得意地道：「那個林有慶，我走老遠了追過來，拉著我抽菸，」他亮亮手中一包菸，「『白沙』，送把我啦——說婆子買菜去啦，要好酒、好菜慶祝我們爺出院回家囉。」

慎行也笑，說：「哇，虧得是你，是我只能跟他們講道理。」

「你去講道理？」慎思諷刺地道，「他們等的就是你，教你把鈔票囉！耐煩聽你講道理？」

「我們爺答應給董婆多少錢？」慎行問，「真的差她的嗎？」

「她個老太婆一個月爺給她八百做家用。這個房子也是爺頂的。她個什麼貨色？現在吃香喝辣還用個保母？」慎思忿忿不平地道，「林有慶什麼東西他抽『白沙』？我就不信是他自己的錢買的！這家人把我們爺吃乾淨了都不吐骨頭——我們爺會差她的錢？」

慎行感染了慎思的怒氣，附和道：「真不應該，這家人過河拆橋！等下我要好好講他們幾句！」

慎思卻安靜下來，狐疑地看了慎行一眼，想了幾秒鐘才開口說：「我們這裡是這樣的——不高興的事過去了就算嘍，不一直去講。誰狠得住誰才是硬道理囉。欸，反正等哈人來了，我跟他們搭講，你就聽囉。」

慎行記著哥哥的囑咐，整頓飯吃下來都沒怎麼說話，可是在地的那幾個講來道去也都是米價、油錢那些無謂之事。雖果然沒有再提到小紅等人有無耍賴皮不回家照顧老人的是與非，可也沒談到今後老人的生活所需，或者算算帳，搞搞清楚謹洲傍身的錢花到哪去了？這往後究竟誰該拿出多少錢來讓老人把日子過下去？慎行也就憋著心裡的一堆問號埋頭吃飯。

謹洲能指揮的左手還不會拿筷子，他的飯是董婆坐沙發上另外餵的，吃完後董婆就扶他進房間歇午去了。慎行從飯前等到飯後，一直在等哥哥開啟與小紅等人的談判；他想總要得個結果，確定父親有人照顧，明天自己才能安心回台灣。正是等得不耐時，董婆出來說謹洲要他一人進去房間。

謹洲靠坐在床上，聽見動靜，教把門關嚴實了，就拍拍床沿教慎行挨著坐下，開門見山就問兒子能不能月匯二百美金給父親養老。慎行沉吟一下，若帶父親返台，二百美金約是老先生在台灣住養老院開銷的三分之一，或是住在家裡請外勞看護的四分之一，還不計現在臨時買票帶父親回去，單旅費可能就夠那樣開銷半年以上；於是點頭說：「還可以。」謹洲鬆了一口氣，臉上露出笑容說：「慎行——你是——好兒子。這錢——給到我走——或者——該我的——帳還了——就不用——給了。」然後教他到桌上拿紙筆聽寫了一張以他為見證人的借據，借、貸雙方空著待填。接著謹洲要他出去叫小紅和有慶進來。慎行不知父親葫蘆裡賣的什麼藥，心想老先生難道像對他似的，跟每個人要點錢來補虧空養老？

慎行觀察各人神色，在他之前和老人關在房裡嘀咕過一番的董婆的神情不像早上相遇時那樣驚惶，反而透著幾分安詳喜悅。小紅和有慶進去最久，出來的時候一臉不高興，拉董婆到廚房裡咬了一陣耳朵就先告辭走了。慎思是最後一個進房的，出來的時候神情卻也不悅，像是謹洲交付了一個艱巨的任務給他似的。

慎行看看天色漸晚，他次日天不亮就要離開賓館去省城趕飛機，就想和老父再度話別，走進房一看，累了一整天的謹洲竟已鼾聲大作，「爸──掰掰。」他輕聲說，「你要好好的。我會來看你。」

慎思走到他身旁說：「你就放心吧，爺老子也是我的啊。」慎行看哥哥一眼；經過今天這一天，父子、兄弟好像重新相認了一次。慎行感動地抿著嘴，點點頭，輕輕地說：「哥，謝謝！」

兩兄弟婉謝了董婆留吃晚飯的邀請出來。慎思說是昨晚的酒菜都還有，教弟弟跟他回家，慎行說中午吃得又晚又飽，晚飯不吃了。哥哥就說送弟弟回賓館。走沒幾步兩人幾乎同時問起對方，父親在房間裡說了什麼。

原來慎行竟是替小紅和有慶寫了張五萬塊人民幣的欠條給慎思。慎思很不高興老頭子借那麼一大筆錢給董婆的子、媳，更憤怒自己承受的權利居然是只須償還利息的長期低利貸款，「老頭子就曉得對別人好！」慎思罵道，「一個月二百五十塊錢的利息錢還要老子跑一趟跟那兩個二百五搭講！」

慎行恍然大悟道：「老爸的養老本原來是借了出去給他們，說他怎麼帶了錢來就搞光了！他一定是為了巴結老太婆，怕不借人家不照顧他。」又暗想爸爸這招究竟是怕那兩個借錢的不給利錢所以借刀殺人，還是特意要貼補大兒子，或者兩個原因都有？不過可以確定的是，欠了慎思的利息，王小紅夫婦只能乖乖履行義務，否則沒好日子過了。慎行有點佩服中風偏癱的老爸躺在床上還能設下這種「二桃殺三士」的局，可是他心裡也不爽；老爸跟他擺明了要錢養老，卻把該留著防身的積蓄借給董婆的兒子，利息收入又轉給慎思，好像只有他這個做小兒子的有奉養的義務；這麼兜一圈，真正的冤大頭豈不是只剩他一個？他酸酸溜地說：「我看只有我是二百五。他個假兒子現得，你個真兒子也有利息。我呢？就負責把錢。」

慎思歪著頭，做出不解的神情望著他道：「你讀過大學，你又住台灣；這點錢對你算什麼？不就少上幾次館子的事囉？」看見慎行無言地衝他苦笑，想是自己講得厲害噎住了弟弟，就進一步譏諷道：「哼！你要不高興，我們換好囉。你留在這裡照護我們爺，我到台灣去打工，我高高興興寄美金把爺，我還把三百好不好？」

慎行知道為了三歲那年兄弟互換位置的事，慎思一輩子饒不了他。而且他也自悔說了那些酸話；固然沒人會喜歡增加開支，可是一個月匯六千台幣給老爸慎行自忖是省得出來的；還真像慎思說的，他在台北跟著老婆回娘家聚餐、送禮，月結也有此數了。事實是父親決定終老故里不但替他省了錢，更不知省了多少事。他應該慶幸，怎麼會一時想不通，跟慎思、有慶他們計較起來？慎行惱羞自己成怒，又怕慎思還要講出更多不順耳的話，就加快腳步，想趕快走到賓館就可互道珍重。可是哪怕他腿生得長些，台北長大的又怎麼走得過慎思？

「欸，你說喔，」慎思果然不棄不離地快步跟上，連氣也不喘地道：「你說喔，像我這樣的去台灣能做什麼？」所幸慎思忽然換了題目。

慎行第一個想到的工作是「照顧老人」，可是這答案有點敏感，就說：「你覺得自己想做什麼呢？」

「像我五十多歲了在這裡就是在家裡帶孫子囉。在鄉下要是做得動，還能養豬、種菜。」慎思說，「在台灣五十多歲能幹些麼子囉？」

「可以去上社區大學，」慎行覺得要給哥哥一些希望，「社區大學沒有年齡限制。」慎思變臉道：「你跟爺一樣，你們都嫌我沒文化！老子難道是存心讓人瞧不起！」說著一百八十度向後轉，竟然絕裾而去。

慎行先前一路加快步伐想擺脫慎思，不料卻是自己被突然甩開；結果雖然沒差，心情大異。慎行停下腳步，怔怔看著失散了四十六年後才有緣聚首的哥哥的背影；雖然兄弟之間並沒什麼共同成長的記憶，談不上傷感情，可是想起兩週前初見時的誤解與此刻作別時的不愉快，他還是感覺悵然，長吁了一口濁氣。慎行這下反而不須急著回賓館了；

他在大街旁佇立良久，直望到慎思的背影完全消失在華燈初上的解放路人群之中，他才低頭慢步踱回賓館，靜待次日清晨出發去省城趕飛機結束他的首次返鄉之旅。

就在一九九五年那次慎行首次送終未果以後，謹洲成了個拖字局，而且一拖四、五年。慎行在二〇〇〇年這次又來送終前也數度探親。可後來的幾次也都跟頭次一樣，和哥哥慎思一時好一時壞；有那麼些時候覺得就算沒有一起長大也真是親兄弟呀，可是更多的時候卻因為一言不合就反目相向如同寇讎；最糟的是每次都弄到難得相聚的兩兄弟不歡而散。素未謀面的兩妯娌光聽丈夫轉述就互相討厭著，還在枕邊讒言；潘氏挑撥台灣弟弟瞧不起農民，慎行老婆直斷哥哥命硬兄弟緣薄。可是父親畢竟是兩個人的，所以手足情深不深是一碼事，謹洲既還在一日，他們就是雷打不倒的兩兄弟。只是謹洲半身不遂已經第五年了，現在更已屎尿失禁，口不能言；這個臥床不起的老人還能拖多久呢？

「阿姨，你看這次我爺還拖得過去嗎？」慎行對著在昏暗燈光下為父親忙碌勞作的董婆發問。「我在想還是把機票改晚一點。你看延一禮拜行不行？」萬一他一走，父親就過世了，他無法即刻又來。雖然說都講好了，全交給哥哥慎思處理還是讓人不放心。

「噓！」董婆擠眼噘嘴作勢噤聲，小小聲道：「你爺都曉得，沒有他不曉得的事。」

慎行也降低音量至耳語一般說：「那我該問我爺？」看見董婆點頭，慎行半信半疑地對床上縮得像坨霉乾菜一樣，不言不動的父親提高音量道：「爸！我把機票延到下個禮拜好不好？我留在這裡可以看著你。不然這裡就要交給慎思了。」

剛擦完澡，被董婆重新用被子裹得嚴嚴實實的老人在床上蠕動起來。董婆端著盆髒水，待要走出去倒了，見狀又站定一旁，眼睛直直地望著床上。慎行身處臭烘烘的昏暗陋室之中，看看一臥一立的兩個老人，自覺荒誕；本地醫生雖然幾度錯判，根據的也還是科學，更何況父親現在的情形明擺在眼前，無須專業也知道老人辭世是時間早晚問題，只是自己能不能、要不要等下去的決定；他聽董婆的胡扯在這裡請神一樣地問著病危老父，難道要等誰起乩不成？

狀似發怔的董婆忽然點了個頭道：「你爺要你相信慎思一回。」一邊說著，端著水就往外走，口中不以為然地念著：「這是您家哪，一樣是兒子，要我就信不過那個大的囉……」

慎行跟出去說：「阿姨，你說我爺要我相信慎思一回？我怎麼沒聽見他說話哩？」

董婆開始搓洗老人換下的尿布等物件，彷彿不大高興受到打擾或被質疑，忽然尖起聲音道：「那你自己問你爺囉！莫得哪個攔住你呀！」

慎行莫可奈何地回到謹洲床邊坐下，呆望著床上枯槁失形，只比木乃伊多口氣的父親。他從小就和爸爸不親，向來覺得和父親之間只有義務，並沒有多少感情，此刻陪伴著狀若昏迷的父親，想到這就是永別，卻頓感悲傷徬徨，如失所依。父親從綠島放回來的時候慎行已經十歲了，母親任教學校分配的老舊宿舍就一內一外兩間房，他在父親回家的那天起被搬出了臥室，開始睡外面的房間，直到考進大學住校。慎行只記得父親脾氣暴躁，常為小事打他，除此不記得跟父親有太多互動；父子之間最溫馨的記憶片段是他在成功嶺受軍訓的時候，父親自己一個人來看過他兩次；那陣子父親沒有工作，時間很自由。

慎行苦惱地自言自語道：「今天不改機票的話，明天就回台灣了。在這裡蹲下去也沒事幹。台灣反而有一大堆事等著辦，可是——」他說著悲從中來；慎行自母親死後十幾年沒有流過眼淚，說著說著卻哽咽了，「爸呀，你聽得見嗎？你告訴我我該怎麼辦？我能把你丟在這裡不管，回去上我的班，過我的日子嗎？」

「你……走……」床上的老人斷續地說了兩個倒也能辨識的字音。

要不是清楚看見和聽見聲音確是謹洲發出來的，慎行還以為自己產生幻覺了。他激動地握住父親像雞爪一樣的手叫道：「爸，爸，你跟我說話？阿姨說的是真的！你真的什麼都知道?!」

要是謹洲還能輕鬆自主地講話，一定會先罵慎行一句「廢話」；可憐他這麼自尊自強的一個人，現在講每個字都要用盡全身之力。謹洲扭曲著五官，抽動著身體，掙扎著一字一字地從胸肺裡吼出來：「跟……你……媽……埋……一……起……」

「是，是！」慎行淚流滿面地道：「爸你放心，李村那裡都弄好了的。我回去就帶媽媽來。」他哭出了聲：「爸啊，我一定會把你和媽媽帶回李村！」慎行沿著床邊跪了下去，把父親的手捧在額前哭道：「爸我不孝啊！」他怨恨了父親一輩子，從來只擔心老人拖累，這幾年一個月匯六千台幣贍養，都常不甘願，有時忙了還拖欠；現在跑來送終也連親侍到咽氣都不肯，「你都替我著想，深怕麻煩我！我什麼都沒替你做過——我一定，我一定帶媽媽回來，把你們兩個——」他說不下去了，只是嚶嚶涕泣，間中胡亂說些對父親懺悔的話。

慎行這樣跪倒父親床前悲泣許久，直到董婆收拾完畢進房才把他拉起來，小聲道：「莫吵你爺啦，你爺睡囉。」慎行只好收淚回房；卻意外發現經這一場好哭，他人雖疲倦，但覺心中塊壘全消，似乎完成了此行任務一般地輕鬆起來。等他漱洗完畢剛爬上床，董婆卻來到他開鋪的書房門口，沒頭沒腦地對他說：「慎行，你爺要我跟你講，你是好兒子。」董婆用了「兒子」這個詞，不是「崽」。

慎行心中頓是一酸，又淚往上湧，腦子立刻亂了邏輯，也沒問「爺」是幾時說的，或怎麼說的，只哽咽回答自己不是好兒子，「——阿姨你不知道，我不孝啊！」

「我們這裡講『生得爺娘好，一場好喜事；生得崽女好，一場好喪事』。你爺這幾年生病就想葬回李村，沒有別的啦。」董婆停頓一下，薄尖尖刺耳的嗓子忽然低了好幾度，問他：「李村你咯過嗎？——喔，小時候，不記得囉。我莫咯過，你爺不教我咯吵。」董婆彷彿有許多遺憾，「我死了也不能咯，跟你爺結親的時候講好的囉。我倒是想吵。」

「喔。」慎行覺得董婆不是來找他純聊天了，就打岔道：「阿姨照顧得好，我爺說不定又活五年。」他溜進被子，婉轉地下逐客令：「謝謝阿姨出去順手幫我關個燈。」

房小，董婆一抬手就關了燈，可她沒走開；客廳的燈早關了省電費，影綽綽遠處照過來只有老人房裡的微弱燈光。董婆繼續用那感覺陌生的嗓音說：「慎行，我也不瞞你，我是配不上你爺的囉，可是我曉得你看出來我是真心待你爺。也只有你曉得——」

怕是江南四月夜裡春寒料峭，慎行人窩在被子裡，手上汗毛卻全站起來了。幸好黑燈瞎火的，不然面前站著七十歲老太太對他父親表心意，還真不知教人要如何面對。

「你爺呢，也是真心待我的囉。他應了我的，都做嘍。我做了對不起他的事，他也一句重話不講——」董婆的聲音竟有點甜絲絲的了。慎行把被子又拉高了一點；如果不是怕太失禮，他會把頭鑽進被子裡去。

稍停一會，董婆聲音更慢更低，近乎幽怨地說：「你爺走了，我也活不久了囉。他死了要跟嗯姆媽葬一起的。嗯姆媽是大學生，結親就講好你爺屋裡是莫收旁人的囉。我就講，那是莫死的時候，是吧？死了不算你爺背信，是不是囉！」董婆等了一下沒聽見動靜，忽然恢復了一貫急促尖銳的聲音問：「愼行，你睡啦？」愼行只好應了一聲。董婆就懇求道：「愼行，你要幫幫我囉！你曉得我對你爺——我一輩子沒有過的。那我侍候你爺，天地良心！我真是沒有不情願的！你幫幫我，我走了以後，灰就灑在你爺旁邊。不埋的囉，石頭上也不寫名字，沒有人知道的！」

愼行翻身坐了起來，問：「阿姨，你跟我爺講過這個事情嗎？」

董婆靜默良久才說：「從前也講過的，你爺不把囉。」謹洲中風後，她自覺慚愧，再也不敢提了。

愼行想老太婆也算誠實，父親早就說話不清楚，很多事都由董婆傳達算數，她居然沒想到假傳聖旨。愼行就很懇切地說：「阿姨，我做崽的要聽爺娘的。這個事我做不了主。」董婆哦了一聲，聽來甚是失望。愼行不忍，又說：「阿姨，我娘不在了我爺還在，也神智清醒，就像你講的，他什麼都知道。明天早上我們問他好不好？」

「我同你講囉，我不同你爺講這個。」董婆說著，賭氣似的走了。

愼行暗自搖頭；來了幾趟，還是不太懂本地的說話或行事風格。這裡人說話常倏然而止，就像打電話結束時不道再見，啪！就掛了，聽的人常不知是訊號斷了還是講完了。愼行溜回被子裡重新睡下，心裡想：什麼同自己講不跟老爸講？這說得是什麼東西？好啦，反正是不講的意思就對了。慎行一大早就要到省城趕飛機，折騰這許久，現在睡不了幾個鐘頭了；想到轉機勞頓，他只希望收拾雜念，趕快入眠。可是翻來倒去卻怎麼樣也睡不著，從父母的命運想到李氏興衰，從兄弟的相處想到兩岸關係；雞終於在他想到台海和平和中華民族前途時叫了。他起床時天卻未亮，是哪家養在院裡的雞看見燈光叫早了？他聽見董婆在「水房」裡開始新一天照顧癱瘓病人的洗洗刷刷。看準時間，他換好衣服提了行李去到老人房中再度拜別，父親卻還在熟睡。他跪倒在地，就床前磕了三個頭，輕聲說：「爸，我回去了。你是對的，沒人比阿姨還照顧得好了，你會長命百歲，媽知道了也會安慰的。如果你走了，我一定帶媽媽回來，完成你和媽合葬老家的心願。」他忽然想起昨夜董婆的請託，可是自己是母親的兒子，還是讓他們老人自己去解決這個問題吧。

那時原先開包車的親戚李家勇已經是有大小幾十輛車的交通公司老闆，自己不跑車了。他派的司機準點在樓下等候送慎行去機場。進入西元二〇〇〇年的省城機場更是今非昔比，有各路航班飛中外大城，一天之中更早晚都有多班次港澳航線接轉台灣；不但不是十幾年前謹洲返鄉時那樣一個空空落落到處掛著大幅帳幔遮住原先軍用機場陳舊牆面的統艙式候機大廳，也不是五年前謹洲孫女來探親時那樣要自己走到停機坪爬上爬下的簡易航站；廣播登機，慎行提著行李從空橋直接走進機艙，飛機升空時看見黃花機場又在擴建，才啟用不久的航站大樓又已陷入重重工地的包圍，工寮的鐵皮屋頂在晨曦中反光強烈，刺眼生痛；慎行拉下遮陽板，閉上眼睛什麼都不及想，就累得睡著了。

歸去來兮

有慶一見新墳，立即雙膝跪倒，一邊不顧硬泥地上碎石枯枝膝行前進，一邊如喪考妣痛哭失聲：「謹爹呀——我老娘命苦呀——你老神仙要為我作主呀！」一根粗樹枝咻地劃破了他的褲管，腿上滲出鮮血。

李謹洲老先生逝世五週年的忌日趕上清明節，分居各地的台灣家人終於湊齊時間喬好行程，在二〇〇五年春天分批來到濱湖古城的老家，前後分三間房住進了新蓋的星級酒店，打算清明節回鄉下祖籍掃墓。謹洲大孫女家愛在美國出生的兒子那時剛滿四歲，童言童語非常可愛，家愛的妹妹家寶本來分配和外甥一房，家愛卻央丈夫帶著兒子睡，她要重溫少女時候和妹妹聯床夜話。

兩姊妹只隔兩歲，自小就嘰嘰喳喳有說不完的話，雖然家愛大學畢業後就離開台灣留學、成家、就業、僑居外國，卻跟妹妹熱線未嘗間斷，姊妹也一直親密，無話不談。這下來到舊遊地，兩人談起從前印象，相較十年前來探親時祖父家鄉的破敗與今日的繁華，年紀輕輕的二人竟也不勝唏噓，聊到三更半夜都熄燈睡到自己床上了，還有話說。

「這裡真是差太多了，這個旅館絕對有國際四星級的水準。不像我們以前住的那個什麼華僑賓館，亂可怕的。」家愛感慨道，「床這麼乾淨，聞起來還有肥皂的香味。唉，這麼舒服的床，可惜我有時差，累得要命也睡不著。」

「華僑賓館還好啦，那個招待所更恐怖。」家寶說，「不給客人鑰匙，開門的時候要叫服務員。」兩人十年前在號稱三星的華僑賓館裡住了幾夜，為省錢，也為圖清淨，經爺爺謹洲老年返鄉後討的二婚董婆帶來的兒媳婦王小紅介紹，搬進了小紅單位附設的招待所。家寶說著笑起來：「大概那個經驗太壞，造成了你的心理障礙了，你潛意識害怕這裡服務員還是隨時不敲門就會進來換熱水瓶，才睡不著。」家寶拿姊姊十年前晚上要等服務員換過熱水瓶才敢更衣入睡的糗事來開玩笑。

家愛也笑，一面奇道：「你從台灣來路上也花了十幾個小時，怎麼精神這麼好？你以前都是一碰到床就呼掉。」妹妹提起招待所讓家愛想起爺爺返鄉後結的那一門姻親，隨口問道：「你都沒聽說董婆她們去哪了啊？」

家愛話音一落，房間裡忽然安靜下來。夜已深沉，外面人車漸稀，賓館窗簾厚重，可是拉上時不小心留了條縫隙讓古城裡日趨嚴重的光害有機可乘，大馬路上霓虹燈在無人的深夜裡顧自閃爍，細細的一束螢光滲進房來，時藍時綠；房間雖暗，青氣氤氳卻可辨人面。家愛略略抬高身子察看妹妹沒有睡著，想起家寶素來要講最後一句話的脾氣頓生狐疑；她用詢問的口氣說：「李家寶？怎麼啦？你怪怪的耶。」

「董婆死了，」家寶森森然道，「上吊死的。就在桃花井她和爺爺的家裡。」

「別開玩笑！」家愛嗔道，「李家寶你想嚇人呀？」

「真的！」家寶翻起上半身，望著姊姊說：「老爸也知道。」

家愛瞪著妹妹，知道不是玩笑話，就責備道：「什麼時候的事？怎麼到現在才告訴我？」

家寶砰地倒回去，眼望天花板說：「一開始是老爸說這是一個祕密，教我不要告訴任何人——」她轉頭瞄鄰床一眼，「包括你。因為你會告訴老媽，老媽就會埋怨老爸管閒事。」那個時候的姊姊還忙著跟後來的姊夫談戀愛，也不是事事都和妹妹分享了，那種姊妹逐漸疏遠的感覺曾經讓家寶心裡很不是滋味。家寶接著說：「後來我們也很少談爺爺老家的事，」姊姊結婚以後，兩人天各一方，有時空限制的交流又以顧問彼此的戀愛或婚姻為主軸，這個家寶與父親李慎行之間約定不入第三人耳的「祕密」就被保守下來，「要不是這次來掃墓，我都忘記了。」

一個祕密能守這麼久，家寶對自己的保密功夫相當滿意。幾年下來，她也習慣了家愛有了另一個家庭的現實，更何況，家寶承認，家愛眼光還好，姊夫人不錯，後來的小外甥就更不用提多討人喜歡了。家寶當下決定這個祕密的保鮮期已過。對啦，她是答應過爸爸不告訴媽媽和家愛，可是現在事情過去那麼久了，最重要的是，爸爸又沒教她「永遠」不能說。家寶倒沒想到決定跟家愛分享這個更近於家常閒話的「祕密」，也表示她終於接受了姊姊出嫁的現實。

「爺爺、奶奶葬禮一結束你和老媽就先走了嘛，」家寶從頭說起。家愛那時假期有限，在祖籍李村鄉下參加完祖父母合葬的儀式後，和母親先返台探望住院的外公，慎行和家寶父女在老家多留幾天，和親戚們結算喪葬開銷、處理瑣事。「你知道爺爺和董婆她們有約定，他死了以後，她們就不能找李家了。」

兩姊妹鰥居多年的爺爺李謹洲老先生十多年前從台灣返鄉定居，找了當時年過六十的董婆董金花續弦，兩人婚後住在桃花井的老舊公寓裡，靠著謹洲帶來的一點養老本過日子。謹洲再婚時已經是八十老翁，他要的是不靠兒孫，生病了有人照顧，並沒打算追求黃昏之戀，所以擇偶不像擇偶倒更像買長期照護保險。謹洲想得遠，婚前就和董婆約法三章，撇清了身後留下「未亡人」可能帶給子孫或家族的麻煩。老人婚後過了三年平靜的日子，直到董婆聽了兒子林有慶和媳婦王小紅的唆使，三人合夥盜空了謹洲的財物，把謹洲氣得中風，留下個偏癱之症。可是東窗事發之後，謹洲卻以德報怨，大事化小，不但沒有把她們母子三人送公安究辦，還讓董婆留下不告自取的五萬人民幣聘金傍身，小紅夫婦偷盜的美金、首飾也讓用一張借據抵銷了。兩個老的經過這樣一場大考驗，居然沒弄到殺狗散場，更扭轉乾坤地讓董婆對原來只當做是口「米缸」的台灣老頭產生了她一生對男人前所未有的敬愛。兩老臨時湊合的婚姻就在董婆陡升的報恩之心與老頭在台灣的小兒子李慎行的金援下維持下去。董婆這邊如約照顧到謹洲昇天；之後李家只有謹洲逃難離鄉時未能跟去台灣的大兒子李慎思拿了先前立的借據找過小紅夫婦幾次麻煩，等慎思一家搬離古城去廣州打工以後，李家就再也沒人和董婆這邊有過連繫了。謹洲過世後半年，慎行遵父母遺囑為早年客死台灣的母親移靈與謹洲合葬，夫妻雙雙歸葬家族墳山，在祖籍李村盛大出殯，一連熱鬧了三天，也都沒人想到李家曾經有過董婆這一門不知怎麼算的姻親。

「可是就在你離開的那天下午，林有慶找到老爸——」家寶想起來問：「你記不記得林有慶？就是王小紅的老公，那個『喝老子一挑』？」

「哦，我記得，董婆的兒子。」家愛說。有慶有個口頭禪「嚇老子一跳」，家愛取笑他的鄉音，背後叫人家「喝老子一挑」。

「他跟老爸說他媽媽在我們爺爺過世以後不久，就在家裡上吊了。」家寶沒理會姊姊的再次驚呼，繼續敘述：「他跟王小紅那時候做什麼瘦肉精生意怕被抓在『跑路』，董婆在家裡死了多少天都沒人知道。聽起來很恐怖吧？」

董婆命運坎坷，十歲被快餓死的親生父母賣到桃花井娼寮裡做小丫頭，不說萬惡的舊社會不把窮人當人，解放以後她也被貼了個「破鞋」的標籤撕不掉。董婆脫娼以後被單位、街道組織、甚至後來她的媳婦一共嫁了好幾道，經歷了殘的、窮的、病的、老的丈夫；總之她是個一輩子在社會底層受盡欺凌的苦人。可是她在六十三歲那年轉運了，至少她自己是這麼相信的，因為老天爺讓她遇到了「台灣老頭」——兩岸開放後返鄉的國民黨時期本地老縣長李謹洲；那以後，董婆總是這樣想，自己就算苦到頭了。她明媒正娶地嫁給謹洲這樣一個曾經在本縣大有身分的人做填房，聘禮是一套三室的房產、五萬人民幣養老金和在她眼中堪稱豐厚的月費。最重要的是成了謹洲「屋裡的」以後，做人有了尊嚴；跟老頭子出去，人都稱她一聲「金爹」，親戚往來也上升了檔次，走出了桃花井的社交圈。剛結親的時候，老頭在家就自己讀書、寫字，不太跟董婆有話講，偏癱後右手沒勁寫不得字，眼睛壞了看不得書，可是說話還行，而且中風以後不方便出門，兩老就成天窩在家裡「扯談」。董婆喜歡聽台灣老頭講他在舊社會的事，像什麼組織鄉勇打鬼子啦，帶領團練剿土匪啦，謹洲在自己的回憶中智計百出，董婆也百聽不厭。謹洲有幾張老相片，兒子家裡沒人有興趣看的老骨董到董婆這裡成了寶貝，她沒事就拿出來細看，把英姿颯爽的游擊隊長和神氣威武的青年縣長跟她聽來的故事對上號，更把自己鑲嵌到她錯過的人生裡去；她常常遐想翩翩覺得面前的人和他高貴的一生比電視連續劇還「有味」，而她，是那個低著頭站在鏡頭畫面之外的小妾；桃花井那不堪，甚至非人的過去在現實中被遺忘，在精神裡重生的董金花是大戶人家裡的規矩姨奶奶。跟謹洲的時候沒人問過她是否「無論環境順逆、疾病健康、貧窮富貴」都會相守，但她面對已經一文不名又老又病的丈夫，卻看穿皮囊將時光倒轉，信守著她從未聽聞過的誓約，彷彿面對她此生唯一的男人。她，卑微的董金花，竟蒙月老如此眷顧，配給了當年英俊威武善良多情的青年首長。桃花井的姑娘人人都藏著一條長而結實的老式褲腰帶，她的一條相隨半個世紀，白綾都已經泛黃，她膽小怕痛，再艱難的時刻也沒想拿出來用過，沒想到年過七十，她才曉得原來人不是受欺侮不過才會想死。董金花不懂什麼是殉情，她只知道時候到了，自己就要追隨此生唯一恩愛，乾乾淨淨的離開這污濁的人世。

台灣老頭的健康一年不如一年，董婆做為看護的工作量也越來越重，而且她自己年紀也大了，常感力不從心，要不是她對謹洲產生了類似「粉絲」的激情崇拜，光靠當年偷光人家老本害得老先生半身不遂的罪惡感恐怕還支持不了她一個老太婆幹這麼久的體力活。然而董婆出的力不是無償的，她要尋求一份最後的報酬。

二老當初的婚前協議除了女方要求的彩禮，謹洲也有兩個條件：一是謹洲死後，董婆一干人再和李氏家族無關；一是董婆死後，不得入葬李氏墳山。當時看來無關緊要甚至可笑的條件，隨著時間流逝與環境轉變，卻成了董婆不治的心病。董婆腦筋簡單，文化程度也不高，她說不出個道理，可是對身後歸宿的焦慮與渴求，卻燒得她願為之付出一切代價。她偷竊財物，有愧於老頭；謹洲還在的時候，並不敢開口要求，她只像贖罪一樣地照顧老人，等待發落。慎行幾次返鄉探親，看到董婆細心看護父親，由衷稱謝，董婆就相信慎行曉得了她的心情，日後會幫助她死有所歸。她後來還當遺言一樣地告訴有慶：「你要莫得辦法囉，就去求你慎行哥！」

老頭死的當天，謹洲家鄉兒子慎思是連火葬場也沒讓董婆跟去的。眼看一生最珍貴的緣分就此完結，董婆聲嘶力竭的哭唱，圍觀的人以為她只是在盡一個未亡人的本分，不知道她送走五個丈夫，只有這次真正感到肝腸寸斷。她衝上去攔住要帶走她老頭子的車子，有慶和小紅出死力才抓住拚出了性命去的瘦小老太婆。

王小紅完全不懂她婆婆發的什麼瘋？他們偌大一個爛攤子等著收拾，沒空操那分閒心；她教有慶留下陪著董婆，自己回家張羅去了。他們兩夫婦這幾天就要出遠門，計畫去省城避避風頭。他們這兩年霉透了；有慶從台灣老頭那裡「借」的錢都入股做了瘦肉精的生意，好景不是沒有過，頭三年效益還真不錯，可是那時讓股東選分紅或增加持股，他們想錢是跟老頭「借」的不忙還，貪念一起，就把賺的又投了回去，沒想到紅極一時的豬隻營養品轉眼成了禁藥，政府還抓人。弄得掛名經理的有慶每天要嚇好幾跳，這時想退股也甩不掉了。現在走到最後一步，就是把大門一關，欠的房租水電罰款都不還了，一走了之。

「林有慶說董婆在爺爺死後幾天就上吊了。可是他跟王小紅正好不在，所以到底什麼時候死的沒人知道。」家寶開始來來回回講起車輪子話。其實這前一半家寶所知有限，她聽的有關林有慶來訪都是慎行告訴她的二手傳播。說不出新鮮的，她乾脆跳掉那一段，揀她知道的講，「反正董婆死了還不是最恐怖的事。最恐怖的我覺得是『燒二奶』。『燒二奶』你聽說過吧，就是燒一個紙做的——」

「你不要嚇人了好不好？」家愛打斷她，「到底怎麼回事嘛？你跟老爸的祕密不會就是董婆上吊死了吧？」

送走謹洲遺體，董婆躺在床上氣若游絲地對有慶說：「台灣老頭走了，我也不久囉。我剩的錢把你還帳怕還差一點，你住的房雖不值幾個錢，也是要搭進去的。你不要怕落到沒有地方住，記住我是你老娘，一把屎、一把尿養你大，做鬼都不會害你哟。只要記住我的話，你們就在這個房裡安生，別人不會來搶你的。」趁背著小紅，董婆又要有慶指天罰誓替她完成心願：「我養了你一世人，就要你替我做這一件事——」她死時會把謹洲的相片縫在衣袋裡一起燒化，然後無論用賴用強，她的骨灰要灑在謹洲夫婦墓旁。

「我的娘老子呀喂！不好嚇我個喏！你又莫得病，不會死的啦。骨灰政府不讓隨便抛的呀。」有慶語無倫次地哭訴，「講好的死了就兩邊莫得瓜葛的囉，李家知道了要扯皮的呀。我不曉得謹爹埋的地方呀！」有慶是個老實人，沒有門牌號碼教他一個城裡生城裡長的到哪去找一個藏在鄉下犄角旮旯的李氏墳山？

有慶那時候並不知道董婆已經存了死的心，看見老娘沉浸在喪偶的悲痛情緒中，除了陪同悲泣，也無法和她商量什麼事，連自己一家要離鄉逃債的計畫也都沒有深談。沒想到他和小紅出去躲了半年回來，母親已經燒成了灰，那還是鄰居報了公安處理的。鄰居討人情，繪聲繪影把看見的、沒看見的都詳細描述了，有慶聽說母親死狀種種，羞愧難當。找到慎行後未語先悲，又哭又跪，死乞白賴，說什麼也要求慎行幫忙他完成老娘的遺願。

「董婆上吊不是祕密，可是林有慶要把他媽媽的骨灰灑在爺爺奶奶墳上，不能讓李家親戚知道吧？如果我們老爸幫人家亂丟骨灰不犯法嗎？那也不能跟人家講啊！為什麼不是祕密？」家寶強辯道。

「好了，好了，」家愛告饒，「後來呢？老爸不會幫他這種忙吧？」

「老爸一跟我說林有慶要把他媽媽的骨灰灑在爺爺奶奶墳上，我就『喝一大挑』，馬上想到『燒二奶』，老爸居然說他也想到了，他說他要做這種事，奶奶會託夢來K他。」

家寶言歸正傳繼續說故事：「可是那天林有慶死纏爛打，老爸被他纏得沒辦法，就說這個事只能去『博杯』問我們爺爺、奶奶；如果都得『勝杯』，就是爺爺、奶奶同意。」

慎行無法推拖，只好諉之鬼神，說是要在父母墳前擲筊，都是勝卦就是謹洲和元配取得共識，可以推翻生前約定，接納董婆「入住」，否則免議。「第二天一大早，林有慶帶了一個包到賓館來堵老爸。老爸本來沒要帶他去，也不想告訴我，被我發現了『祕密』，只好跟我說了。林有慶就跟我們一起去了李村。」

兩父女本來就安排好車輛要回墳山檢查封墓的後續工程，這下無奈攜上有慶。幸好司機是親戚車行派來的生面孔，不認識有慶，少廢許多唇舌做解釋，否則事情在親族中傳開，一定引起麻煩。

「哇——」家愛把嘴都張大了，「你剛說什麼『燒二奶』，不會真的都得了勝杯吧？

聽起來簡直是靈異事件！」

「這個喔？嗯，有點像靈異事件。嘖，很難說，有可能是老爸看林有慶可憐，唉，我後來也想過是不是老爸放水——」家寶沉吟起來。

「李家寶——」家愛氣得從床上坐起來，「你賣什麼關子！」

家寶沒賣關子，她一直也沒太弄懂後來到底算怎麼回事呢？

家族的墳山其實是大片耕地中隴起的一塊丘陵。車子只能開到村口土路盡頭，慎行支開主動來領路的熱情宗親，帶了女兒和有慶下車步行去到謹洲夫婦合葬的新墳考察封土後的水泥工程。墓地是謹洲自己生前就看好的，緊挨著謹洲因為出亡台灣未能盡孝送終的太老夫人，雖是雙人合穴，不是土葬墳並不大；墓碑自然是嶄新，聽說本地顏料掉色，描上的金漆紅漆都是特為從台灣帶過來的；除了正中間墓碑刻了顯考顯妣，兩旁各立一塊石碑一邊一行刻上了謹洲的遺墨：

仙謫瀛台越東海

夢斷蓬萊歸洞庭

這原是謹洲生前悼念亡妻的詩句，不過夫妻同命，盛年流落海島，都是有志難伸，用作輓聯也一體適用；反正李氏這個詩禮之家到了新中國，也沒有後人寫字作詩了，還是晚一輩裡唯一讀過大學的慎行在老先生的字紙堆裡找了兩句堪用的充數。謹洲恐怕也沒想過從垂髫練起的書法八十年後在自己最後一站派上用場；三塊碑並立墳前一字排開，看起來很是莊嚴肅穆。

有慶一見新墳，立即雙膝跪倒，一邊不顧硬泥地上碎石枯枝膝行前進，一邊如喪考妣痛哭失聲：「謹爹呀——我老娘命苦呀——你老神仙要為我作主呀！」一根粗樹枝咻地劃破了他的褲管，腿上滲出鮮血。

慎行父女哪裡見過這個陣仗，雙雙大驚失色，忙著勸慰拉扯，霎時亂成一團。家寶看見有慶悽慘，又當著爺爺奶奶墓前，一時感觸，也陪哭起來。剩下還有些理智的慎行趕緊說：「我們就來問我爸爸、媽媽的意思吧。」他搶前幾步走到父母墳前，褲袋裡摸出兩枚銅板來做道具，扭過身來對有慶說：「字是正面，花是反面，一正一反是勝卦。我各問兩位老人家三次，都同意了就由你。」

慎行在墳前跪下，雙手合十夾著硬幣高舉過頭，祝禱一番後撒手，如是多次後，站起來神色古怪地說：「有慶，我爺同意，可是我娘不搭理你這個事。」

「是不答應還是不搭理？」家寶問，「奶奶是一連三個『笑杯』嗎？」慎行點頭證實女兒的推測，一邊補充道：「爺爺是一連三個『勝杯』。真是神了，我各問了兩次都一樣欸！」旁邊的有慶雖聽不懂什麼「杯」，可是既不是都同意，那就辦不成事，想起董婆的遺願難了，又啼哭起來：「我是莫得一掐用喲——老娘你苦命啊！」他跪下正對墓碑咚咚咚連磕響頭：「謹爹你們都是做神仙的呀，可憐可憐我老娘吧，她不想做孤魂野鬼，死了也要留在謹爹身邊伺候——喔喔——可憐我的老娘呀——我不是她親生的兒哦，我是沒爺沒娘，路上揀回來的呀——她待我恩重如山哦。我一點事為她辦不成，不如跟了她去哦——」他的額頭上磕破了皮，淚水、泥灰、血絲，一臉狼狽相。

家寶數年前來古城探親時初見董婆和她的家人，覺得這家人虛情假意，印象很差，離開時甚至感到留下爺爺在「壞人」手裡，還一路哭回台灣。這下旁聽有慶的泣訴卻驚訝地發現在她記憶中貪婪庸俗的董婆竟然撫孤成人視同己出是個慈母，那個猥瑣結巴的「喝老子一挑」林有慶竟然知恩圖報有信有諾是個孝子；她有點感動，就代為求情道：「爸你再問奶奶一次好嗎？」

沒想到慎行竟然動怒道：「這種事怎麼能一問再問！」他把兩個銅板往跪在地上的有慶跟前一擲，道：「你不服氣你自己儘管去問！」拉著女兒就下墳山越田壟，直奔村裡。兩父女走到村頭又有年長的宗親出來留貴客喝了茶，盤桓了一個鐘頭到父女都上車了也沒見有慶追上來。家寶替有慶擔心沒搭上他們的車等下怎麼從偏僻的李村回城？慎行就教女兒別操心，說是「有誠意，爬也爬得回去！」

「啊？這樣就完啦？」家愛有點失望，「這是什麼祕密？說了半天你也不知道董婆的骨灰有沒有灑在爺爺、奶奶墳上，還嚇人說什麼『燒二奶』！」

「明天，」家寶說完保守數年的祕密，心裡輕鬆，可是眼皮沉重。她的語氣逐漸含糊：「明天就知道了——」話音未落，她已經微微打起鼾來了。

第二天慎行一家人和一眾城裡親戚乘了一輛遊覽車下鄉掃墓。不同幾年前出城祭掃要繞路而行，當天不能來回還要借宿李村，現在柏油馬路穿山隧道一個鐘頭直達，下鄉只算郊遊。公路帶來財富，李村裡比著蓋起有獨立衛浴的水泥樓房，小姑娘借廁所也不必像家愛十年前那樣要冒險往豬圈裡鑽了。可是城裡親戚和老縣長的台灣後人來鄉裡掃墓還是大事，宗親們在謹洲墓前擺上長長一列香案請了和尚圍坐敲打誦經，另外還僱了鄉人在田間放銃。

「It is too loud!」家愛的ABC兒子搗起耳朵抱怨四野傳來砰砰的震天響，「I can't hear the band.」小人兒皺起眉頭，說銃聲吵得自己聽不見「樂隊」。大人好一會才會過意來小孩所謂「樂隊吹奏」是和尚誦經，這下連因思念祖父正在傷心的家愛姊妹都破涕而笑。小人兒卻不高興人家笑他，一溜煙鑽過香案和排排坐著唱念的和尚消失到墳後去了。家寶離得近，想也沒想就跟著鑽過香案追到墳墓背面。這個墳前面是高高三座描金塗紅的字碑遮蓋，背面卻是個穿了一圈水泥圍裙的半球體土堆。家寶一把抓住外甥往回走，小孩兒從鐃鈸木魚齊鳴的熱鬧舞台前一下子轉到了蕭瑟的墳墓背面，也是忽然一怔，就乖乖地讓阿姨拽回去。臨鑽回去前家寶瞥見鄉人事先除過草的墳頭清清楚楚窪下去一塊，不禁心中一凜，想到林有慶幾年前是不是在她和父親離開後繼續哀求禱告，終於徵得奶奶同意？而且那個孝子不忍母親骨灰隨風飄揚就沒有灑在墳頭，而是徒手埋了，又因為沒有工具，土堆回去規不平整，所以留下一個缺角？

家寶本想等墳墓前面道場撤了以後邀家愛去仔細察看一解懸念，沒想到家鄉親戚現在富了，已在城裡訂好酒席招待台灣稀客，這邊法事才了，那邊就吆喝上車，慎行一家就被簇擁著趕鴨子一樣的催著走了。家寶也被親戚架著走在田埂上，心裡悲傷地想著祖父母埋在這麼遙遠的地方，親人連掃墓都難；她數度戀戀回頭，想著千山萬水不知自己下次幾時再來？

朔風野大，紙灰飛揚。懶雲躲進山後，倦鳥飛返巢中。隨著人聲散去，李村的古墓同今墳一齊溶入了寂靜的蒼茫大地。

跋

洞中方一日

說來慚愧，我的上一本書出版於一九八〇年，到今年整整三十年了。全時讀讀寫寫是矜貴的事，本質上跟柴米油鹽不相剋也犯沖，所以貧如梁山伯都要帶著書僮去讀書。少時生活在父母的庇蔭下，他們默默承擔了銀心、四九的任務，讓我可以雲裡霧裡的過逍遙日子，達到創作的高峰期，讀完了大學也結集了兩本短篇小說集，躋身青年作家之列；時值今日，雖然負盡師友深恩，可喜少年文友多不賤，更有人已經引領風騷，講古時候說起三十年前的作家，也有提到的，可是無奈自己不爭氣，行家的褒貶都成了「飛鴻踏雪泥」。我呢，去國成家就業以後，為人妻，為人母，為人員工、下屬、長官，偶爾病酒悲秋身邊都會有親友善意地建議去看心理醫生，體質由水變泥，寫作既成了病根，就把殘稿化為殘念，統統束之高閣，再不想起。

幸好人雖不才，身體不錯，做了幾十年職業婦女兼家庭主婦，雖然「老病須知分」，起碼沒有「卒於任」，還算是光榮退休。四肢健全，腦筋靈動，卻不喜歡玩牌打球，有空欣賞了一些時人的文藝作品，不免也回過頭來想起自己從前的花前月下，就把閣樓裡藏的一包舊稿找出來整理。本來一面讀少作一面駭笑，看到〈楊敬遠回家〉時想起亡父頓時笑不出來了。

寫〈楊敬遠回家〉的時候應該是在放產假，不但不用上班，還請了保母幫忙家務，否則我也不會有時間和閒情寫作。我的父親在我家中小住；兩父女天天一起出去滿山遍野散步，邊走邊講些閒話。那時我離開台灣已經十幾年，也如他所願做了華僑，安全地住在僑居地，絕少踏足國共兩黨治下的國土，而且一九八八年以後台灣的言禁漸開，我父親受到大環境的影響，對我講話隨意許多。我的父親很有說故事的才能，常常有意無意間成為我小說素材的提供人，可是他也是我的私人警總，對我的言行嚴格把關，避免得罪當道。父女之間多年的互動，我早學會不說不問，他那裡說了一三五七九，我這裡臆想出二四六八十，就成了個十分的故事。如果他說了一，我傻乎乎地追問二，他察覺聽眾的興趣可疑，可能就沒下文了。

「楊敬遠」自然是捏造的，原型坐了多年冤獄的苦人卻是確有其人，可惜我既不追問史實，就只知其一未知其二。只大約知道這個某伯伯是我父親舊識，他隻身在台，放出來後本當無依無靠，幸而關進綠島前收養的義子有良心，接回家開計程車孝養。等到兩岸開放探親，同鄉募捐湊資助他返鄉，卻死在半路。我記得父親唏噓道：「最後連岳州城都沒進去，還是沒有回到家！」

這個故事深深感動了我，就在父親離開我家後動筆寫了〈楊敬遠回家〉，用我的方式送這位不知姓名的伯伯一程；和父親這輩「古人」的「重去其鄉」不同，生為難民後代，我覺得有家人的地方就是「家」；〈楊敬遠回家〉的主人翁雖然也一生沒能重回到他當年倉皇逃離的老宅，可是終究在我編的故事裡回到了「家」。小說發表在《聯合報》上，那時父親因為眼疾已不讀報，沒他替我宣揚，親友都不知道，我平靜的生活波瀾不驚，一片悄然，我還暗自慶幸這篇小說暗渡陳倉，沒有引起他的囉嗦，完全沒有想到父親對我的管束固然不再嚴厲，他的人生路也已經走到了盡頭。

一九九六年父親去世，再沒人給我講故事了。我既無親可娛，也就不想再在讓父母高興的道路上走下去，於是獨排眾議辭職離開了彷彿大有前途的工作崗位，向親友宣布我要回頭做專業作家。可是那時我已經不是「女兒」的身分，沒人會像父母那樣容忍我了。「作」了幾個月，我在做一個需要「供養」的單身女作家和有能力分擔家庭責任的職業婦女的前途之間選擇了後者，此後十多年我完全息了創作的心思，老老實實的過著我父母在世時希望我過的日子一直到去年。這時候我不但是父母雙亡年過知命的「孤兒」，還成了退休的空巢老人，這樣的身分「諸法皆空」，心裡的孫大聖已經壓不住了，於是決定重拾少女時代創作的興趣，向《中國時報》申請了個部落格想編一套「民國素人誌」講講故事，自娛娛人。不想才擬了大綱，就打了岔去寫「逆旅」。這要謝謝成為我新讀者的姪女，她們在我上一階段的創作期都還年幼，現在卻成了我試讀親友團的要角。她們從讀完舊作〈楊敬遠回家〉後一直追問「後來呢？」大大鼓舞了我的士氣，激發了寫一連串人生「逆旅」的靈感。

「逆旅」的書名後來正式定為《桃花井》，紀念自己停筆多年後的再出發。這本書雖不是我計畫中的第一本書，可是我萬分高興看到這棵無心柳先發成蔭，《桃花井》一系列的故事承接我三十年前的少作〈去鄉〉發展，為我中斷的寫作注入了「黑玉斷續膏」。雖然故事情節各自獨立，可是人物血脈相連，實在是我的第一個長篇小說。僑居生涯「好山好水好無聊」，感覺只是洞中一日，卻錯過了人世間三十年的熱鬧。既然這本書的第一篇寫於一九七九年，就姑且算是我耗時三十年成就了這一個長篇吧。

INK PUBLISHING 文學叢書 281

桃花井

作　　者　蔣曉雲
總 編 輯　初安民
責任編輯　尹蓓芳
美術編輯　蔡南昇
校　　對　尹蓓芳　蔣曉雲

發 行 人　張書銘
出　　版　INK印刻文學生活雜誌出版有限公司
新北市中和區中正路800號13樓之3
電話：02-22281626
傳真：02-22281598
e-mail : ink.book@msa.hinet.net
網　　址　舒讀網http : //www.sudu.cc

法律顧問　漢廷法律事務所
劉大正律師
總 代 理　成陽出版股份有限公司
電話：03-2717085（代表號）
傳真：03-3556521
郵政劃撥　19000691 成陽出版股份有限公司
印　　刷　海王印刷事業股份有限公司

出版日期　2011年4月　初版
2012年1月10日　初版三刷

ISBN　978-986-6135-20-0

定價　260元

國家圖書館出版品預行編目資料

桃花井 / 蔣曉雲著 .
--初版． --新北市中和區：INK印刻文學，
2011.04 面； 15 × 21公分. --（文學叢書；281）

ISBN 978-986-6135-20-0 （平裝）

857.7　100002067